千秋凝结就

陈亚军　洛城　著

作家出版社
全国百佳出版社

目 录

第一编

——矿山遗址的现代契合——

第一章 方兴在新时代

以中国的改革与经验发展作为转型创新的依据，把握时代给予的大好机会，将历史、文化以及社会认知变现为商业运作，一个古老的矿山，从依靠资源投入为驱动力的粗放式开掘，转变为以创新内涵为源泉的增长，是朱砂古镇的转型定义。当地的人们最大限度地尊重自然、顺应自然、保护自然，即呈示出自然生态的景观性、人文性，而更高的境界则是将绿水青山向金山银山的转化，美丽乡村建设振兴与脱贫富民护佑相融。

世事的变迁更迭，带来的是挑战考验，也是新生机遇，而要成就一番事业，需要外界的援助，更要靠自身决绝的意志。人的意志像一座浮在海面的冰山，更多的部分淹没在海面之下，那既是一种可以超越自我的强大能量，也是不断释放的时代意志。

在资源枯竭城市转型发展经验上，朱砂古镇有自己的作为，开掘出新的生产力。他们把转型中最核心的问题，放在汞矿遗址的自生能力方面，利用现有元素深度挖掘，探觅最佳发展途径。

可以说，朱砂古镇是一个文化教育产业，有根植创意活动的地域性，又有讲故事的特定文化背景。万山人一股脑儿地把经济文化教育价值观集中在这里，萃取海纳，复兴一种独特的人文，精心绘制成自己的一张名片，夹在历史文化的记忆里，留在口口相传的经济成功转型的故事中。

闯进古代

一

涉古的一切，比如古人、古建筑，能够成为一个标签遗存下来的，必都是意蕴深邃，所以坐在前往朱砂古镇的车上，早已心向往之。如今的交通，已没有天涯海角，再远的地方，不过隔着一架飞机或一列高铁的距离。经过半日的行程，我就已置身于这个群山中的朱砂古镇，领略其风采，聆听朱砂文化的深度表白。车窗外，目光的咫尺天涯处皆是或连绵或层叠的山峦，高高低低连成一片，似凝固的波涛，茫茫无际。

万山，果然名不虚传。

穿过一个古意盎然的牌楼，马路便蜿蜒着纵深进山坳里。我的目光不自觉地顺着马路，向前看，再转身，向后看，马路依稀就是一根神奇的珠链，把这连绵成片的大大小小的山横贯起来，挂在大地的胸前。

不仅仅是神奇，这条马路通向古代，延绵进神话。朱砂古镇的起源，要追溯到久远的年代。不管是先有村落，才发现了朱砂，还是先开采朱砂才逐渐有了村落，总之，它们是相互依托、相互成就的，自然之美与文化意蕴缤纷交织，相互注释。许是被尽收眼底的一种气象触动，脑际突然闪现一句话：昔日朱砂开采天下闻，今天人文古镇响铮铮。

从两千多年前的秦代起，人们就在这里发现了矿产资源朱砂。一时此地声名鹊起，伴随朱砂开采，前赴后继的是商战，匪患，争斗……矿山多易其主，引发的是世间所能发生的故事、事故。本世纪初，这里因汞矿资源枯竭停止了开采。一个喧嚣了两千多年的小社会，渐渐沉寂下来。矿山遗址，曾经一度透着苍凉与无奈。

儒释道三教坐镇的铜仁万山，当然不缺斐然的智慧，他们一点一点厘清思绪思路，终于有了一个清晰的设计：以矿山遗址为依托，归纳打理，抹去尘埃，去粗取精，整合零星资源，打造人文景观。风光秀美的丛林，惊人心魄的峭壁悬崖，古意磅礴的矿洞群，以及承载历史信息的每一块长满斑斑青苔的岩石，都蕴含着说不尽的文化。汞矿遗址历经两千多年的沉浮修炼，本身自然已是一座文化富矿。于是，中国汞都万山国家矿山公园被隆重推出，曾经的朱砂矿区华丽转身。

之后的2011年，万山特区撤销，设立铜仁市万山区。人们发现，无论怎么改，它的姓仍然是万山，这是历史的基因，是万山继续辉煌的宏大背景。2014年矿山公园成为国家4A级景区。

又过了一年，万山汞矿遗址进入世界文化遗产预备名单。在铜仁市人民政府向国家文物局提交的世界遗产申报书中有如下的表述：从遗产材质属性来说，属于物质文化遗产不可移动文物的遗址、工业遗产；从遗产状态属性来说，属于基本完整保存但已不再延续其用途的纪念碑；从遗产功能属性来说，属于古代采、冶矿和近现代勘、选、采、冶记录的工业遗产。

如果把汞矿遗址的历史基因放大，你不能不说朱砂处于基因结构中的有关键影响力的前导区。有着独特眼光的江西吉阳企业慷慨投资，再一次对这个留存了两千多年的矿山遗址进行全面打造开发，将矿山公园更名为朱砂古镇。这一天是2016年5月4日，这是一个载入万山史册的日子。“朱砂”犹如响箭，穿越历史的烟幕，再次隆重现世。

当时媒体有这样的报道：朱砂古镇的前身，是2005年国土资源部批准建设的中国汞都·贵州万山国家矿山公园。旅游界及时跟进，把一个崭新的旅游线路推送出来：朱砂古镇、梵净山与凤凰古城三足鼎立，黔湘交界，一山挑着镇与城。

二

行进间，汽车突然慢了下来。远远地，一个白色圆形的巨型现代建筑映入眼帘，这是投资几个亿的朱砂古镇游客中心。再往前行，出现的是纵横成片的多为石墙灰瓦的建筑群，那就是藏在崇山峻岭中的贵州朱砂古镇了。

古旧的建筑掩映在山峦和绿树中，天空中飘着或迟缓或高亢久远的老歌。房屋坐落在山脚，这里的房子大多似乎只有房前，屋后当然是有的，需要找。你将头部后仰成九十度，看到或看不到的山巅就是张家或李家的屋后了，山峦触手可及。藏青的石板路古旧，石磨老井路旁林立，穿着灰旧衣裳的老者和妇孺在推磨碾米，也有肌肉健硕的壮年汉子抡起石锤在砸糍粑，酒肆里表情木讷的夫妻撸起袖子，在偌大的木桶间挥勺泼米，手工酿酒。沁人心脾的糯米香和酒香瞬间入侵了行人的味蕾。一派古态古意的劳动场面，这里的人们无论在生活还是在赚取生活，都让人无须穿越，已然一下闯进古代。

漫步在如诗如画的朱砂古镇中，感受着这里的美好宁静，身心完完全全地融进眼前的一切里，仿佛走进了一处世外桃源，瞬间忘却了平日的繁杂喧闹。真真切切感受到平生偷得半日闲的自在，物我两忘。而随处可见的各种逼真雕塑，却又让人有一种闯入者的感觉，仿若穿行在一条时空隧道里。

也许，平时吸进了太多含着雾霾的空气，加重了呼吸道的沉重感，在这里骤然明显地感到富含负氧离子的新鲜空气轻盈地灌进胸腔，畅快之意瞬间仿佛也修正了人的精神。在那一刻，我首先对自己奇遇过的一个情节优先释然。

如果我没记错，事情发生在海南。抬头是湛蓝的天空，低头是湛蓝的大海，若不是天上飘着洁白的云朵，你仿佛已分不清高处的天空和低处的大海了。在那美好的时刻，当地的一位朋友，久未谋面，我们正在热烈地恳谈。当我站定后，他立即后退了一步。这不是聊得很投机嘛，离得远得喊着说话呀，我便下意识地上前了一步。大声说话我不习惯。谁知，此刻，他却置谈话气氛于不顾，又后退一步。这样两三轮后，我不置可否，表情上肯定显出了惊异。朋友优雅一笑解释说，与你们北京人聊天，就得保持一定距离，因为你们呼出的气息都带有雾霾，于健康不利。朋友固然幽默，雾霾当然也不应该被礼赞，但那一刻，我还是哑然愣住了。

自此，每每遇上清新的空气，那一幕常再现脑际。行走在满山遍布植被的朱砂古镇，呼吸着氧气富足的空气，愉悦感倍增，似乎整个人都变成了一只鸟儿，振翅欲飞。越发感慨，现在的交通真是太发达了，不沿边、不沿海、不沿江，自古就有天无三日晴，地无三尺平之称的贵州，在摆脱了交通限制后，这个恍若仙境穿越古今的绿水青山之地，按时间成本算，乘坐飞机其实与京城也只是相隔了两三个小时而已。

视野内的悬崖峭壁上多有草木，却依然遮不住遍布山体的矿洞，黑幽幽的洞口看着总会让人心生好奇和恐惧，无法想象远古的人们是怎样爬上这刀削般的悬崖绝壁上打洞采矿的。当然，今天，矿洞已成为旅游景点时，崖壁上已经铺设了纵横绵延的栈道，行人可自如地在那些著名的矿洞之间行走。胆小或恐高的人，不时会发出尖叫之声。尤其晴天走在玻璃栈道上，阳光四溅，明亮炫目，再忍不住望一眼脚底的万丈深渊，惊喜刺激，心跳一下就会提到嗓子眼……

在梵净山的延长线上

云贵勾魂，百去不厌，却怎么也没想到，以贵州铜仁为落脚点，坐上车，随便往一个方位走，眼睛眯一下，时间不会很长，一小时内，你就可以抵达的是闻名遐迩的凤凰古城、梵净山，或后起之秀朱砂古镇。这么惊艳的旅游资源，构成了一个金三角。

三者都位于湘黔边界，距离很近，走一个三角形的路线，两省风貌皆可览胜，山而城，城而镇，体悟人类生活文化的多彩跳跃。更重要的是，从心理学上讲，三角形是一种个性十足的图案，象征着稳定，尖锐，是进取和力量的表达。走过这条路线后，总是让人不能忘怀这个神奇美妙的金三角。梵净山，云海茫茫，禅雾深深，尽藏了哲思。凤凰古城，自然与人文的融合，充盈了心灵。而朱砂古镇，万山明珠，天地流光，凝聚了物华天宝。

人生在世，无时无刻不在追寻意义：生活的意义、行为的意义。试问，哪一种意义能少了对思想、语言、器物之间的三角关系的认识和理解。说走三地增智慧，是名副其实的。

走遍大地神州，最美多彩贵州是一句熟悉的广告语，除以上金三角外，还有一条被称为繁星之路，梵净山、茅台酒、遵义城、黄果树瀑布、朱砂古镇等，几乎不假思索就可以说出的物产和地名，个个是贵州的标志，有超出地域范围的影响力。

有着繁星的天，是一个怎样的夜空呢？每一颗星星都有自己的辉光，毗邻映照，共同编织出万点闪烁的一席意境。

梵净山和朱砂古镇，是两条旅游线路上的两个点，同时，它们都处于武陵山区腹地的铜仁市，是两颗闪烁的明珠。我想，这不是偶然的，是自然时空的天成，是华夏历史的造就。无论你先走哪一个地方，都会体悟到它们是相互说明和延伸的，是一页的两面，一车的两轮。

武陵山脉纵贯中国南方湘、鄂、渝、黔四省市，形成了一个四同的区域，那就是山同脉，以武陵山脉为中心，是一个完整的自然地理单元；水同源，有沅水、澧水、清江、乌江四大水系，均发源于武陵山脉；民同俗，多数是少数民族聚居区，民风民俗相互影响渗透；文化同根，人文生态保存完好，堪称中国一条独特的文化沉积带。

武陵地区一直是完整而稳定的历史地理单元。它的首个行政区划是春秋战国时期楚国的黔中郡，也为以后秦代所沿用，但到汉代初年改武陵郡，隶属荆州刺史部。在唐代废置前，武陵郡还有几次改称，曾一度有一个响亮的名称：朗州。地名透着豁达，实至名归的是当你走过梵净山和朱砂古镇，心境自是有种豁然的舒朗。

梵净山是武陵山脉的主峰，也是武陵山脉的标志，距铜仁市仅八十公里。被称为梵天净土，中国第五大佛教名山之一，尤以弥勒道场声名远播。早在上世纪八十年代就被联合国列为一级世界生态保护区，现在已列入世界自然遗产名录。

梵净山作为佛教名山，《贵州通志》云："梵净山一名月镜山……皆立梵宇，又有辟支佛迹……黔中胜概，无逾于此；访之中州名山，亦未多得。"

山上有赐敕碑，是明万历四十六年（1618年）奉神宗皇帝圣旨而建。敕赐《赐梵净山重建金顶序》云："黔中间之胜地有古佛道场，名曰梵净山者，则又天下众名岳之宗也！""古来得道成真，又莫不于斯凝神，于斯蜕颖。"碑文写到梵净山是古佛道场，是"天下众名岳之宗"，是"上之穹隆接天，下之厚重住地"。这是当时的户部郎中李芝彦撰写时所描述的。

我随游人进入山门，乘旅游车来到半山腰的索道处，但见，被云雾缠绕着的一座座山峰时隐时现，秀丽、奇崛、险峻的风光目不暇接。坐进索道的轿舱，瞬间有种飘飘然闯进仙山楼阁之感。梵净山的索道落差有一千五百多米，俯瞰下去，苍茫的武陵山脉龙飞凤舞，云霞雾岚的四野风光尽收眼底。

参天的古木默然耸立，自然散发着一种灵妙之气。这些大树就似真正的隐士，是否早已悟透了佛法的深奥，笃定了与世无争。置于此，任何为世俗功利所淹没的心灵仿佛一下子超脱出来。

而梵净山所带给人的终极惊叹是它的金顶，一座巨大的石柱拔地而起，就那样直直地冲向天际，光芒四射。这座山峰是凭借了什么力量挣脱整个山体，一飞冲天的，大自然的神秘无法解释。山根处，就是云雾缭绕的深谷。山峰直立高达百米，上半部一分为二，由天桥连接两端。两边红云瑞气常绕四周，人称红云金顶，谐音鸿运金顶。传说中一把金刀劈为两半的山峰和矗立于两座峰顶的寺庙被叠翠的青峰托举着，日光从窄为一线，连接两峰的金刀峡缝隙间透出，广大的佛光似乎就若隐若现在密林谷壑间。

我不明白古人是如何能在这样险峻的山顶上架桥的，更不明白如何就把两个寺庙分别建在两座山顶上。两座建于明代的寺庙，一座供奉释迦佛，一座供奉弥勒佛，作为梵净山佛教的最高象征。

人类无法明了大自然的造化神功，却可以征服大自然，创造出很多人间奇迹。

这时，脑海中突然闪现一个民间传说，是关于唐朝女皇武则天的。武则天自称有很深的佛缘，而且为了把自己做女皇说成天意使然，号称自己是弥勒降世，肩负改天换地的重任。

武则天受母亲影响，从小就受到佛教的熏陶，而且接受过出家人用朱砂点额头的礼仪。且说有这么一天，释迦牟尼佛正在给弟子传法，从路边围着沙堆玩闹的一群孩子中走过来一个小女孩。她用小手捧着一把沙子，轻轻走到释迦佛和弟子面前，毫不犹豫地把沙子撒到佛陀的饭钵内。弟子们都惊呆了，只见释迦佛向小女孩笑了笑，表示接受了她的沙土。

弟子们不解，为什么容忍小女孩这样胡闹？释迦佛道：你们哪里知道，待到千百年后，这小女子要在东震旦国为王，此时不接她的沙日后她定会破坏佛法。这样与她结下因果，待她将来为王时定会弘扬我佛。

武则天成了虔诚的佛教徒。以后，她还有了出家的经历，曾写四句偈语："无上甚深微妙法，百千万劫难遭遇；我今见闻得受持，愿解如来真实义。"

据史书记载，垂拱四年（688年）六月，于汜水得到所谓刻有《广武铭》的瑞石，铭文暗示武则天是"化佛空中来，摩顶为受记"，当取代李姓唐朝为武周女皇。

武则天登基时已是六十七岁，是继位皇帝中年龄最大的。以后，以八十二岁长寿善终皇位上。是她借助佛力登上皇位，还是佛教因她当政而有广泛影响呢？

梵净山东南方向八十公里即是铜仁市，铜仁市万山区的点睛之笔是朱砂古镇。万山是个地名，万山也是万山成林的地方。梵净山不仅是朱砂古镇的一个地理背景，而且它的宗教氛围深深地浸染了朱砂古镇。

中国的古镇很多，江南的周庄、乌镇、西塘、南浔、甪直和同里久负盛名，作为江南水乡古镇的代表，都以其深邃的历史文化底蕴，古朴的吴侬软语民俗风情和小桥流水、青烟绿瓦的温婉气息，在整个旅游界独树一帜，中外闻名。而在中国的北方，也有许多古镇，如平遥古城、青木川古镇、青城古镇、碛口古镇等，又都以古老的建筑风貌、古朴的民风民俗吸引着世人。

就是在贵州省内，也有比较著名的古城古镇。有着四大古镇之誉的镇远古镇、青岩古镇、丙安古镇和隆里古镇，都几乎保存了古时风貌，以其山水之美、建筑之美、民俗之美著称。

而近几年横空出世的朱砂古镇，那矿山公园悠久的朱砂文化和丰富的自然景观，独一无二，为整个中国古镇系列增添了新的亮点。

朱砂古镇，古在矿洞的名副其实，两千多年前的秦代始开采朱砂。如果说，我在这里似乎看到了古人，也并不是夸大其词。走在镇上，这镇，其实是早年间挖矿人的生活区。早年的矿工，白天钻进山洞，把白天过成黑夜，晚上钻出山洞，接着过黑夜。他们曾经生活的街镇，会是怎样的呢?

一晃两千多年，弹指一挥间。从最早的古人挖朱砂住石洞，到今天时过境迁，天地转换，形成建筑林立，街道交错，古人今人气息并存……

从昔日因资源枯竭沦为满目疮痍的荒山，到如今转身成为充溢着历史文化厚重意蕴的旅游胜地，这里，经历了怎样的华丽转身?

矿山日月

千年汞矿，千年开采，资源枯竭似乎也是逻辑的必然。开采矿砂已经缓慢下来，从零星作业，直至完全停止，2001年9月，跨越数千年的万山汞矿实施了政策性关闭。昔日的万山朱砂矿山终于彻底改变了存在的根本理由，由此正式终结了贵州汞矿采矿生存的历史。

在国家公布的资源枯竭城市名单中出现了万山特区，这是一个令人震惊的消息。一个地方的资源，被人为取尽了，仿佛一个人流尽了最后一滴血，终究有些悲壮。

我查过权威概念，所谓资源枯竭型城市，也叫资源衰退型城市，也就是说，无论是枯竭还是衰退，矿产资源的储量都不足以再持续下去，以致城市发展受到严重影响，经济总量不足，财力储备薄弱。更值得注意的是，这样的城市往往产业结构单一，没有或者尚未形成替代产业。

谁来评定一个城市发展的资源已经枯竭这样的大事？在二十一世纪，国家有了促进资源型城市可持续发展的成熟思考。

2007年，中国正式提出资源型城市概念。2008年、2009年和2012年，又分三批确定了六十九个资源枯竭型城市，评定者是国家发展改革委、国土资源部、财政部等单位，对外发布的是国务院。权威的组合，只要矿产资源开发进入后期阶段，其累计采出储量已达到可采储量的70%以上的城市，即评定为资源枯竭型城市。为了推动资源型城市克服困难、转型升级，国家初步明确了鼓励、支持资源型城市转型的基本政策框架，把经济社会发展、生态环境保护相协调，促进资源型城市可持续发展作为一个重要的衡量指标。

想当年，万山汞矿鼎盛之时，这里的职工和家属达到两三万人，他们是整个贵州省平均收入最高的群体，无论是衣食住行或是生活方式，代表着当地甚至整个贵州省人们的生活指数。尤其娱乐场所的夜生活，灯光溢彩，人流如织，少见的繁华引来羡慕的眼光，并时时冲撞着当地乃至更大范围的观念和风俗。我无法描绘出当时的情景，只清楚地记得当地人告诉我的几个标志性事件：当年这里的大礼堂是铜仁市最高、最豪华的建筑；整个铜仁市只有三家歌舞厅的时候，这里就有两家；这里的姑娘小伙出去，自然就会引来羡慕的目光，在婚姻嫁娶上是最具优越感的人群。还有矿山有个别号更能够说明问题：小香港。要知道，在那个年代，只要提起香港，就是繁华和富有的代名词。

这是怎样的一个地方，今非昔比，繁华和衰败完全两重天。它衰落时的窘境是厂房和道路破旧，杂草丛生的院落和断壁，随处可见的冷寂的矿洞，犹如一个个张大的老掉牙的嘴巴。靠开采为生的人们陷入迷茫困境。曾经有下岗的工人因为没有饭吃，去地里偷当地农民还没有收获的红薯，被人家抓个正着。好心的农民一看是矿上的人，知道他们日子太艰难了，是因贫饿而不得已的行为，就算了。

接受无情的现实，万山矿区没有选择。

实际上，资源枯竭型城市的经济转型是个世界性的难题，欧洲、美国和日本的一些资源枯竭城市都面临着如何寻找新的发展出路问题。如市场调节加上企业自身发展目标，政府主要做好规划和服务工作，这是美国的通常做法；而由政府成立的专门委员会定目标、定计划、给政策，再加上政府各部门、社会各界的通力合作，让资源型城市完成转型过程。这是法国和德国的做法。

现在，有很多成功转型的世界性代表案例，他们都是及时采取了得当有力的措施，经过一段时期的治理，走向区域经济平衡、协调和可持续发展，使传统的工业地区再次复兴起来。

比如，二十世纪六十年代的日本，鉴于其九州地区的煤矿资源消耗、环境污染十分严重，尤其是后者，使当时的北九州市成为“七色烟城”，来自钢铁厂、水泥厂和发电厂的数不清的烟囱里，蹿出来红烟、黑烟和灰烟等，陷入天空有七色彩虹的美景，地上有七色烟城的惨状。北九州市的环境危机惊吓了整个世界。于是，日本政府实行企业全面关闭政策，开始突破固有的产业结构，利用北九州山环水抱的地理条件，培育新兴替代产业，恢复被污染的自然环境。到1990年，“星空之城”的北九州市感动了联合国环境规划署，终于被推上了“全球五百佳”城市之列。2009年12月，时任中国国家副主席的习近平同志在访日途中还专程到北九州市参观。北九州市利用高新科技治理环境公害的过程，以及有针对性地采取环境保护措施，都给在场的很多中国客人留下了深刻印象。

再如，德国鲁尔曾经是世界上最著名的重工业区之一，是以煤炭和钢铁工业为中心的资源型生产基地。对中国人来说，鲁尔并不陌生，中学地理课本里有过介绍，而近代史中屡屡被提及的克虏伯大炮，其制造者克虏伯公司就诞生在这里。上世纪六七十年代，这里面临产业衰落、工厂关闭、失业剧增等令人沮丧的局面。对此，德国政府采取因地制宜的经济政策，将旅游与文化产业作为鲁尔区实现经济转型的主要特色之一，打造出集遗迹观赏、旅游度假、文化娱乐、科学展览、体育锻炼、培训教育于一体的鲁尔新区；尤其是开辟了多个主题公园：由厂房改装的具有后现代艺术风格的咖啡馆，利用集装箱组装的别开生面的旅馆，反映煤矿炼焦工业发展的博物馆等，还在露天广场表演再现当年生产的场景，这里浓缩的是以工业生活为主色调的一百五十年的人文历史，成功焕发生机。

现实中发生的经济现象，复杂而又简单，别人转型经济的理论模式中的做法，在自己这里不一定能实现；别人可以舍掉的做法，可能在自己这里就变得举足轻重。因地制宜，各谋生路。我之所以讲到上面两个例子，尤其是德国鲁尔地区，是因为我在万山朱砂古镇看到了相似的故事，以及更富本地特色的创新思路。

从世界范围看，原材料、劳动力、工程技术人员和管理人员，这些都是传统的生产要素。再进一步细分的话，自然资源是原材料不可或缺的部分。现在，大多数国家还是靠自然资源和其他生产要素结合取得经济发展优势的。

思虑彷徨过后，还是要前行，万山人不会坐以待毙。把千年汞都打造成人文景点，使千年矿洞变为满足好奇心的探索地。人们发现，无论怎么改，它的姓仍然是万山，这是历史的基因，是万山继续出发的宏大背景。

2014年，矿山公园成为国家4A级景区后，开始有附近的人，远方的人，各地的人，闻讯而来。

朱砂古镇，建立在万山特区这个朱砂资源枯竭之地。过去，这里的主导产业或支柱产业是资源型的，城市对资源产业的依赖性很大。说是一个城市，可城市功能有限，其他产业发展欠缺。因为万山特区对国家作出过重大贡献，这里的脱困和转型发展被上升到国家意识层面，给予特殊的扶持政策，这是每个万山人值得欣慰的事。

矿山公园更名为朱砂古镇的那一天，是2016年5月4日，这是一个载入万山史册的日子。当时媒体有这样的报道：朱砂古镇的前身，是2005年国土资源部批准建设的中国汞都·贵州万山国家矿山公园。以后，嗅觉灵敏的旅游界及时跟进，把一个崭新的诗和远方推送出来：朱砂古镇、梵净山与凤凰古城三足鼎立，黔湘交界，各具优势特色。

新建成的朱砂古镇，已经成为贵州旅游的一个亮点。我曾采访集团董事长周剑凭，他自信坚定，把自己投资朱砂古镇作为中国式解决世界性难题的一项事业：在因地制宜，利用优势，很好地解决资源枯竭转产等问题的一招一式中，提供了可持续拉动区域经济发展的典范。他说，任何产业都有其孕育、发展、成熟和衰退的基本变化规律，这是不可逆转的。重要的是，在转型过程中，既要妥善保护汞矿工业遗址风貌，又要有建设绿水青山的自然环境理念，这里面有人文，有历史，有精神，也有再生经济价值的商业机遇。

脱贫攻坚、转型创新，绝不是一个单纯的经济收入指标问题，需要实施全方位的社会建设工程。在一个开放、竞争的市场中，只要有适宜的管理方法，就可以预期我们获得市场的经济回报。要有创新意识，要紧盯产业链上游的资源生产和下游的产品销售，常常问一问，消费者会在什么上肯花大钱，房产、教育、旅游、休闲、养老、保健医疗等都可能是人们消费的集中地带，而且有时会出现阶段性的需求狂潮。思路开阔的企业家要建设企业的自生能力，这是转型的核心问题。

在朱砂古镇采访一家老矿工时，我来到山上的一座老旧的小楼，走过一个土台阶上到二层楼。生于1916年的老矿工张中坚，今年一百零二岁了，他的妻子杨妹荀也有九十二岁，名副其实的一对长寿老人。

环视屋内，里外两间小房，每间屋里各一张床，地上散落着孤零零的几个小凳子，还有两个小柜子和一个老式的洗脸架，这几乎就是他们全部的家具，老旧简陋。丈夫已不能走动了，终日躺卧在四周都有护栏的床上。其实进门右手就是卧床的老人，我却顺着老先生的声音找了半天，才看见他在床头方向露出的清瘦的面庞，身体几乎全陷在棉被里，感觉老人就是小小的一团，只从眼神里依稀能看出因客人到来的喜色。妻子还能在地上走动，两位老人说话很慢，但一讲到他们的矿上生活，就明显兴奋，很有表达的冲动。

妻子自称身体还硬朗，一切都能自理。子女给他们请了保姆，生活上没有大的困难，退休金加起来有一万多元。两位老人简朴慈祥，与他们慢慢聊着天的某一瞬间，我突然产生了一个奇怪的感觉，这两位老人似乎就像长在这矿山上的一木一石，与生俱来。其实他们完全可以过另外一种生活，搬到山下政府为他们盖好的楼房里，就凭自己的退休金，享受通常的现代生活也绰绰有余，可他们多次拒绝，就是不肯搬走。问原因，只简单说习惯了，舍不得离开矿山。没有任何诱惑可以撼动他们对矿山的情感。

人就是这样，住久的地方，人与环境成为一个整体，就连气息也是互通的。矿工是朱砂文化的创造者，虽然时间与生命长度一致，朱砂开采的劳动又显得简单粗糙，却能把后来者带到历史矿洞的一定深处。当他们老去，留在身后的，就是一段可供研究、探索的文化富矿。

朱砂古镇为当地的旅游业带来丰富的资源，而且将转型发展与当地群众的美好生活愿望结合起来，创造了大量的就业机会。在旅游区域，汞矿职工子弟从事各个方面的工作，他们熟悉矿区，都能讲出来自己亲身经历的种种有趣的细节和老一辈留下来的故事。

对万山人来说，重要的是谋到新出路，寻找推动经济发展的途径。当国家精准扶助的援手伸过来的时候，他们已经踏在发展创新的路途上了。

最美朱砂古镇

般般情愫

物换星移，矿山变成景区。

而就在成为资源枯竭型城市的前后，万山又遭遇了一次较大的自然灾害。

历史上罕见的大凝冻降临万山一带：树木折断、房屋倒塌、家畜冻死、电网瘫痪、交通受阻、通信全无、企业停产，万山人的工作生活陷入更加艰难的境地。十天，二十天，一个月过去了，人们在焦虑中度日。天有日月星辰之运行，地有水火土石之运化。天地之交，万物感应：有暑变物之性，就有寒变物之情。这就是资源枯竭型城市遇到的关于“天”的表情。

在万山汞矿博物馆，我看到当时中央领导视察时留下的珍贵照片资料。2008年1月31日，正当新春到来之际，时任中共中央政治局常委、国家副主席的习近平同志亲临万山查看灾情、看望慰问受灾群众。他凝重地对大家说：党和政府一定会采取有力措施，全力以赴打好打赢抗灾救灾这一仗。

有四个画面深深地印在万山人的记忆里：

——在刺骨的寒风中，一行人从远处走来。走在最前面的正是习近平副主席，他内着白衬衣，外着非常普通却庄重的深色长大衣。大家都小心翼翼地低着头走路，内心温暖着、激动着，却更得全神贯注在脚下，因冰封雪冻的路面极易滑倒。山坡上垂下来的枯枝挂满了长长的冰凌，呈示出抗冻救灾的境况格外严峻。

——在万山特区高楼坪乡老山口，习近平副主席正与万山电力工人微笑握手。工人们头戴蓝色或白色的安全帽，身穿黄褐色的工作服，旁边是一台橘红色的长臂吊车。尤其是面对如此困难，人们脸上坚毅的微笑，传递的是鼓劲加油的信心，震撼人心。这是110千伏受灾输电线抢修现场。

——在一户人家里，习近平副主席与妇孺老幼围坐在炭火盆旁。一位面带笑容的老人从略显污浊的白色套袖里伸出手，和习近平副主席的手紧紧握在一起，他们在说着什么，祥和亲切。可以想象到当时的现场：一闪一闪的火星带来暖意，新炭添加时噼啪作响。通红的炭火上渐渐蒙上了灰白，人们的心里却洋溢着希望。

——习近平副主席将一套绿色新棉衣送到一位老红军战士手中，双手紧握，四目相对，温情暖暖。

面对凝冻灾害，人们要突破困境，战胜畏惧，作出果断决定。这需要强大的力量，一方面来自内心的坚强，另一方面源于外部的强有力支持，而当这两种力量汇合在一起的时候，也就产生了坚定意志和无穷智慧。

几年过去了。时间是2013年5月4日，已是中共中央总书记的习近平仍然牵挂着万山地区，他作出批示：铜仁市万山区2008年遭受特大凝冻灾害，这些年来，在党中央和贵州省的支持下，万山干部群众奋力拼搏，实现了脱贫目标，我感到十分欣慰。希望再接再厉，加大工作力度，用好国家扶贫政策，加快推动转型可持续发展，不断提高经济社会发展和群众收入水平，为实现与全国同步全面建成小康社会作出积极贡献。

抗击灾、脱掉贫，必须有一个超前的立足点，这个立足点正是人的意志和智慧。探寻特色化的经济转型之路，万山人已经有明确的思路。走在朱砂古镇的街道上，我一直在想，这里不仅聚焦了汞矿人文历史的开拓，展现勘探、采矿、选矿、冶炼的操作工艺，也集纳展示出朱砂文化的内蕴多姿。有人说，所有的历史都是当代史，对一个古老矿区遗址的深度解读成果，已在今日的古镇风貌中规模初显，更全面的挖掘和设想正在一步步深广推进。

2018年9月25日，万山区终于摘掉了贫困的帽子。

写到这里，我忽然想到读过的一则新闻报道，大概是2018年5月的事。习近平总书记在考察北京大学的时候，专程来到马克思主义学院参观《马藏》编纂成果展览，他称赞这项工作“非常有意义”。

自十九世纪末二十世纪初，在西欧国家广泛传播的社会主义思想，借道日本等国传入中国以后，引起了中国思想界的极大关注，相关介绍和评论文章一时成为报刊的抢眼栏目。尤其当时的北京大学，是中国马克思主义的发祥地，中国共产党最早的活动场所。这也是中国红色历史的重要篇章。而《马藏》作为文献集大成者，就是突出将马克思主义在中国和世界传播与发展的相关文章论文进行编纂荟萃，生动反映当时国人的思想认识水平，直观地展现思想文化界的实际氛围。

一个民族的历史是一个民族安身立命的基础。研究历史，就是审视我们的来路，从思想变化中来反观，从载体实物上来探求，从社会规制里来解构等。多方面多角度，我们今天所走的路，接续着昨天的来路。对于有极强历史意识的国人来说，现实的成功事业，往往要从有故事的历史人物说起，这是我们的传统或长项。

朱砂古镇由汞矿遗址建造而成，是在一个充满久远气息的地理载体上，仅仅是现当代范围就竖起了中国工业初始发展的历史路标，弘扬了那个年代和这个时代人的价值和精神，特别是保留了资源枯竭城市脱贫转型的实地现场，将一个阶段历史的特殊意义开掘阐发出来。我想，这也是具备历史情怀所进行的收藏。

地势坤：朱砂古镇站

从两千多年前的秦代起，人们就在万山发现了矿产资源朱砂，到二十一世纪初，这里因汞矿资源枯竭停止开采，一个喧嚣了两千多年的小社会，渐渐沉寂下来。矿山遗址，多少透着些苍凉和无奈。

贵州省百分之九十以上是山地，是由石灰岩形成的喀斯特地貌。乘坐列车穿行在贵州省内，不时要穿隧道。

最近看到一则消息，有日本专家撰文说，贵州曾被认为是中国最贫困的省份。但至2018年，竟与重庆市、云南省并列成为中国新时代的经济增长典范。

曾经有一句很流行的话说，要想富先修路，贵州要摘掉穷帽子，也是践行了此言。贵州自2012年起，便加快了高标准公路和高速铁路的建设，特别是高铁通车，改善了与沿海地区特别是上海周边和广东省之间的运输。纵横交错的路网，犹如你地我地他地伸出的手臂，牵连汇通，人流物流你来我往，小之赚取生活，大之是经济发展的翅膀，真真是有了路不愁富。

今日高楼林立的万山，便是佐证，完全颠覆了最初这里留在人们记忆中的贫穷印象。

从贵阳到铜仁，乘坐高铁仅一个多小时，这条城际铁路叫铜玉铁路，北起铜仁市城区火车站，向南经万山区，止于玉屏县田坪镇，全长近五十公里，然后与沪昆客运专线对接。说中国铁路建设的步伐让人惊叹，这确是事实。铜玉铁路的标准说法是，中国铁路总公司与地方政府合资建设的第一个城际铁路项目，是国家实施铁路分类建设后由地方政府控股的第一条合资铁路。其中即透出修建时必然遇到的困难，比如与主线连接或筹措资金等问题。建成后，经济发展机遇大大增多，尤其万山大受其益。

一路上，从车窗向外望去，满眼绿色映入眼帘，可以深切感受到，修筑铜玉铁路，当地的人们最大限度地尊重自然、顺应自然、保护自然，即呈示出自然生态的景观性、人文性，而更高的境界则是将绿水青山向金山银山的转化，美丽乡村建设与脱贫富民护佑相融。

这条铁路历史性改变了过去因山谷阻隔，交通来往不便的状况，而对沿线地区最大的效用正是促进便通了地区人流、物流和信息流。不仅把人们的生活出行纳入了全国高铁网，还让包括万山经济开发区在内的几个地区高科技产业园和经济技术开发点连在一起，方便与其他省份更密切地进行经济往来协作。

朱砂古镇站是铜玉铁路的中间站，位于万山区老山口。原叫万山站，后经批复更名为朱砂古镇站，成为一个站名赫然立于全国铁路网上的景点，这使朱砂古镇声名大噪，慕名来此观光的游客大增。朱砂古镇高铁站到朱砂古镇旅游区只有两公里，下了高铁，转个身就差不多进了景区。

车站建筑外形呈现中间高两边略矮的对称，深红色屋檐勾勒出很明显的“山”字面貌，我想可能是设计者有了“万山”的胸怀，采用极度抽象的以一山寓万山的审美理念吧。这倒是符合原先叫万山站的意义。但是，现在改为朱砂古镇站，在我看来，这种大方简洁的外形，加上见棱见角的直线勾勒，更显出了方正刚毅、敦厚庄重的风格，它似乎是一组规则的朱砂晶体，让远来的游客一进站就展开关于朱砂的缤纷想象。端望着矗立在灯火阑珊处的朱砂古镇站，脑海瞬间闪现出在博物馆看过的朱砂晶体的华贵之美。据称，上品朱砂有着耀目的红色金刚光泽，晶莹剔透，越是透明度高的越有棱角，价值也越高。

铜玉铁路2018年年底通车。一位汞矿老职工告诉我，六十年前，啊，刚好一个甲子。那是在1958年年底，为庆祝中华人民共和国成立十周年和北京人民大会堂落成，万山汞矿献给国家一件大型工艺品，名叫“万宝山”。这件工艺品总重量约三吨，当时运输条件有限，它的艺术创作过程是在北京完成的。万山汞矿总工程师刘存敏和两名技术员驻京近一年半，在高两米的母体上，用方解石、白云石、水晶石，手工镶嵌了一万颗朱砂红宝石。“万宝山”是一件品相大气华贵的工艺品，至今还存放在人民大会堂的二楼东大厅。

所以，可以说，朱砂古镇车站具有更多的象征意义——

朱砂古镇车站似一篇雄文的逗号。中国是一篇正在形成的向世界宣告的雄文，从中分明隐现着坚定的意志和理想。车站是静止的，列车是运动的。若车站是行程的逗号，列车则是动力。在这一动一静中，似乎也清晰了朱砂古镇的地理位置，明了了朱砂古镇的精彩之处，仿若在呈示时代发展和变化过程的细节。车站总不是停留的地方，而是思绪思想的归纳处，带着希冀，看一看周围的天地，听一听流传已久的故事，定一定躁动的心绪。

车站多是熙来攘往，给人喧闹的感觉，而每次经过朱砂古镇站，却莫名地感到一种宁静，与人多少无关，那完全是一种心灵的真切感受。

在古镇的悬崖上写着“看万山红遍，层林尽染”的诗句。万山借伟人笔下的“万山”二字，直把浩荡群山、峭崖峻石，与莽莽绿色、云雾缭绕赋予了一种巨大而神秘的力量。某一瞬间便豁然明了，车站毗邻景区，也许正是因为这里的山山水水已经被人们作了心灵化处理，自然产生一种凝神聚气的能量。心灵经过时光的打磨，就是不断汲取自然元素的过程。

朱砂古镇车站也似一个默然的历史启示。自万山人告别汞矿开采的那一刻，就把初始文明、创造能力和朱砂文化留在身后，成为人们释解现实生活的历史缘由。它是一段国家的记忆，一幅国家强盛、民族发展的图画。在中国传统学问中，唯史学最为发达。因为历史研究不是一种纯粹的知识和学问，它可以将过去的事实赋予新意义或新价值，以供现代人活动之资鉴。朱砂古镇就是这样一个可以带来历史时空的交汇点：从小的方面说，这里有民族的深沉与成长；从大的方面讲，这里有关乎历史哲学的阐述。

矿山公园云海

申遗之路

有学者说，一个地方最大的资源是文化，一个地方最能打动人的也是文化。朱砂文化的生命力和传播力有赖于回归到源头去探寻。

走在朱砂古镇，你会深切感受到园区文化是现实和时代的集纳，他们是档案保管员，把历史遗址的保护作为一个归根结底的事业；他们也要做历史学者，把解释历史现象的所以然作为一种义不容辞。这就是江西上饶吉阳集团的事业，那一年是2015年，大投资对万山废弃矿区进行整体开发改造，这是一种凝练、开掘历史文化的大创意。万山汞矿遗址，开凿时间早、规模大、保存完整，有着不同凡响的穿越时空的文化底蕴，对现实生活富有多重意义。

按照联合国《保护世界文化和自然遗产公约》规定，遗址属于文化遗产。而从历史、审美、人种学或人类学角度看，所谓遗址，就是具有突出普遍价值的人类工程或自然与人的联合工程的考古遗址。

按这一标准，作为朱砂古镇比较古老的矿洞遗址黑洞子，是古代采矿遗址，中国秦汉时期的汞矿开采重要场所。围绕黑洞子的历史事件互为缤纷，耐人寻味，其本身已是一部庞杂史诗。站在黑洞子下面，可以看到弧长近两百米，高一百多米的悬崖绝壁，上面密布着大大小小的采矿洞口，远看像一团巨大的蜂窝。

洞里面层层叠叠，有些地方多达五层，它们上下贯通，形成二三十条纵横交错的巷道，十余条主巷道绵延数百里。巷道里遗留有石梯、矿柱、刻槽等。坑壁上有许多标记，标明矿床及掘进方向，棚顶上遍布着硕大的黑黢黢的疤痕，是以火取石的火爆法实施印记。由此，可以遥想当年矿工蠕动的身影，以及车载筐挑的矿石被挪出矿道的情景。

明代历史上著名的二田争砂事件就发生在黑洞子，由此助推出贵州布政使司的建立。而作为中国近代民族企业兴衰更迭的见证，也是近代英法水银公司主要开采场，十年掠夺开采朱砂七百多吨。因之也是中国贵州省早期工人运动的起源地。

从黑洞子前的巨大坑槽走过，会明显感觉到一种无端的阴森，原来，这就是在汞矿开采史上很著名的万人坑。曾经一度是丢弃从巷道里拉出的开采汞矿工人遗体的地方，因之得名。今天看上去就是一个充斥着杂草乱石的土坑，可这里掩埋着的是数以万计的穷苦矿工的生命啊。

中华人民共和国成立后，黑洞子成为万山重要的工业基地之一。在1958年的汞矿行政机构中，属于矿长直管的重要坑口。

焦黑静默的黑洞子，原初也是一座绿树遍地、有棱有型的雄壮的大山，因自身丰厚的矿藏，几千年来被人类日夜挖掘、火烧、弹药崩炸。山体布满横七竖八的矿洞，各种万疮千孔，承载着多少或精彩或悲怆的故事，是一座深含文史哲经内涵的鲜活典籍。无论是翻阅资料还是按现场见证的线索和提示，都可以寻到庞然纷杂的故事，查到千古的人事踪痕。

凝视着黑洞子的深处，即使有些地方尚未对外开放，人的目光依然会不自觉穿过锈迹斑斑的铁栅栏，向巷道黑暗处探寻，万人坑四周散乱堆满碎矿石，棱角坚硬，每触碰一下，内心都会涌起无限震颤感叹。

黑洞子采矿遗址上方，架有一座随着人走上去就会摇晃的铁索拉桥，中间部分是几十米的玻璃栈道，可直接看到脚下一边是黑洞子遗址全貌，而另一边就是绝壁峡谷。四周绿色覆盖，莽莽苍苍，何处又传来哗啦啦的溪水声，这是朱砂古镇绝不能错过的景观。

而黑洞子仅仅是全部汞矿遗址之一点。

2006年6月，万山汞矿遗址就已经是全国重点文物保护单位了，黑洞子被列入中国世界文化遗产预备名录。

文化遗产是全人类的共同财富，不是一个国家的，一旦它遇到风险，要集体保护，可动员跨越国界的力量。这是联合国教科文组织《保护世界文化和自然遗产公约》的核心理念。实际上，我们对于文化遗产范围的认识也是逐渐进行的。这部公约1972年得到大会通过，而我国加入它已经是十三年以后的事了。不久前，原故宫博物院院长单霁翔在回顾我国文物保护发展时说，过去的文物保护，多是指宫殿建筑、纪念性建筑、考古遗址，但今天的文化遗产也包括人们正生活其中的古村落、正在使用的工业遗产。过去文物保护，保护的是点、面，今天的文物遗产保护还要保护一些文化线路，比如大运河、丝绸之路的线路。这些都可以开拓人们对文化遗产的整体认识。

2004年，第二十八届世界遗产大会在中国召开，大大拓宽了我们的眼界。文化和自然共同生成的文化景观也可以作为文化遗产，这确实让人眼前一亮。万山汞矿遗址不仅仅具有历史文化内涵，也包括各种自然生成的一个又一个景观。比如，典型的仙人洞，因洞前矗立一尊酷似仙女的修长岩石而得名，从不同的角度看，它的头部面庞呈现了少女、中年和老年的模样。不是亲眼看见，你很难相信，一块石头可以天然得这般栩栩如生。而在朱砂古镇，意味迥异的自然景观还有许多处。

此公约的面世，实际上就与一个事件有关。在埃及东南部有一个叫努比亚的古代遗址，其宗教建筑有数千年的历史，具有很高的世界关注度。1964年，埃及政府要修建阿斯旺高坝，努比亚古迹面临永沉湖底的厄运。在联合国教科文组织的呼吁下，有五十多个国家表示了拯救遗址的意愿，而且组成了专家考察团，提出了多种补救方案。当然，最后还是将受湖水威胁的二十二座庙宇转移到安全地带。其中最雄伟的建筑是公元前八世纪建造的阿布辛拜勒大庙，坐西朝东，依山开凿，正面高三十一米，门前有四尊法老坐像，高二十米，气势雄伟，专家们采用切割拆卸重新装配的方案，将神庙后移一百八十米。这次转移救援遗址的国际行动，给人们以极大的启发，由此诞生了具有国际性的、体现全人类意志的保护公约。

随着对世界遗产的进一步认识，万山汞矿遗址进入世界文化遗产预备名单，这是对其纪念价值和文化意义的一种客观认定。我们过去对工业遗址不曾有太多的记忆，如果不是有朱砂古镇的名气，恐怕很多人根本就不知道。尤其是朱砂产品，引出了诸多历史人文，甚至由此思忖民族生命基因，回望或预测命运谱系。

好在我们已经走在文化遗产保护的路上了，而且将联合国公约中两条公认的核心理念，第一条是世代传承性，第二条是公众参与性，与我们悠久传统文化中的历史意识融合在一起——西方学者曾惊叹“中国人有深刻的历史意识”。我们不仅要延续文化遗产的历史过程，把真实性、完整性的文化遗产传给下一代，还要让人们在近距离的文化遗产体验中了解它的价值，把热爱和保护文化遗产当作深刻认识现实生活的启示录和教科书。

第二章　那个年代的现场

中华人民共和国成立七十年之际，有一本书更多道出了民族正气和精魂，这就是《中国精神读本》。从鸦片战争到改革开放一百四十年来，多少时代的优秀人物把铁与血的磨砺铸炼，把挣扎与拼搏的刻骨体验留在他们的文字间，由此揭示了两个响亮的主题：爱国，基因里融入的爱国情怀，使中华文明延续不断；改革，意志中牢固的救亡图存、与时俱进的底色，使中华民族屹立于世界民族之林。

总结历史并因之进行判断，是一种成熟自信，因为了解历史以后，对现实的叙事更容易具备清晰的思路，对生存图景拿定长远可行的主意。同理，一个民族是否成熟，取决于这个民族从历史中提取价值内涵的能力。

一个伟人说：人们自己创造自己的历史，

但是他们并不是随心所欲地创造，并不是在他们自己选定的条件下创造，而是在直接碰到的、既定的、从过去继承下来的条件下创造。

将目光扫描进历史深处，历史地看待事物、思考问题，是我们走进朱砂古镇“那个年代”单元的初衷。走在这条街上，交织着三种感觉：一点好奇，不同年龄的人感受不同；一点怀想，人生和国家的历史片段；还有一丝惆怅，扎根在这块土地上，需要后人耐心辨认。

“那个年代”与现在生活的距离如此接近：一首旋律简单的老歌，就足以使年长者的眼里闪动激情和泪花；一幅伟人画像，就能够唤起那个年代的集体记忆和渴望。而对于后来者，看到重新找回的时代身影，作为修正和说服我们审视现实状况的理由，也由此来界定属于我们自己的时代内涵，从中总结出更高层次的历史真谛，这是何等非凡的意义。

千秋凝结就

1978年，对中国人来说，是一个彪炳千古的年份。随着特区这个概念轰然响彻在华夏上空，它也将永远铭镌在民族记忆中。

特区其实是一种新思想，是实施开放政策、促进经济发展的一个重要突破口。还记得，最早明晰特区这个概念，是学习《邓小平文选》时，报告人特意讲到特区叫法的出处：那是1979年4月，广东省委拟出《关于广东经济工作的汇报材料》，向中央提出改革现行管理体制，给地方多一些权限等几点要求和建议。在参加中央召开讨论经济问题的工作会议时，当时主政广东的习仲勋代表广东省委向中央提出广东创办贸易合作区的建议，邓小平非常赞同。当他听说大家对贸易合作区的名称意见不一致时，就说："还是叫特区好，可以划出一块地方，叫特区。陕甘宁开始就叫特区嘛！"在谈到配套资金时，邓小平说："中央没有钱，可以给些政策，你们自己去搞，杀出一条血路来。"

陕甘宁特区政府，是1937年9月宣告正式成立的，起初叫陕甘宁边区政府。习仲勋是边区政府新的主席团成员。邓小平的话，习仲勋当然是深刻理解的。

邓小平讲话有力量，一锤定音。“特”就特在思想解放、与时俱进。今天的经济特区，新生代企业遍地，为经济建设提供了丰富有效的经验，比如1980年5月正式成立的广东省南部沿海特区深圳。

而来到万山矿区遗址，我才知道，这里也曾经有一个特区。1949年11月16日，万山解放，根据政务院总理周恩来的指示，解放军二野5兵团警卫2团第4连进驻万山。负责保护矿业、恢复生产。中华人民共和国刚刚成立，正是百废待兴，尤其工业状况是国家发展的重中之重。因国内国际形势的需要，1966年2月22日，万山特区成立。当时万山特区受冶金工业部和铜仁专署的双重领导，特区区委书记是部队下派的正师级干部。这是中华人民共和国的第一个经济特区，是最早的县级行政特区。特区人民政府驻万山镇。

而实际上，这个特区位于大山之中，是以朱砂矿区为依托的。当时国家调集地勘、冶金、矿产等方面力量奔赴万山，参加这里汞矿生产基地建设。由此，生产规模不断扩大，机械化程度不断提高，产品质量不断攀升，为国家创造了巨额财富。

在万山汞矿遗址，也留下了中国和苏联曾经友好交往和技术合作的深深痕迹。

在景区的人物雕像中，还站着一位苏联专家莫斯尼科夫。他手里拿着一块矿石，正在仔细地端详思考，可能在审视朱砂的成色，或者想如何改进取汞方法吧。莫斯尼科夫是最先踏进武陵深处万山的苏联地质学家。1953年11月28日，他在实地考察后，曾强烈建议对万山汞矿进行大规模的系统勘查。

在朱砂古镇，有一处建筑洋味十足，那是1956年万山汞矿为苏联专家特别修建的，作为他们的办公楼兼住宅的专家楼。三合院式建筑：主楼两层，两厢一层砖木结构，院内配有花园。在专家楼一侧，竖立着苏联专家杜尔钦斯基身穿皮夹克、手拿工具的全身雕像。1957年9月，苏联专家杜尔钦斯基、费多尔丘克等到万山矿区帮助工作。

特别是在苏联专家楼的后院，两组情景雕塑引起了我的极大兴趣。这是两组表现当时中外专家工作之余娱乐的场景：左侧的一组是三名中国人，两男一女，分别演奏着琵琶和二胡；右侧的一组是三名苏联人，也是两男一女，分别演奏着钢琴和提琴。两组人物雕塑都很生动自然，神情怡然自得。看着这两组雕塑，让人不禁回忆起当时贵州汞矿的热闹场景和中外专家在这里的工作和生活。

有资料显示，从1953年11月起，至1959年8月中苏关系交恶苏联专家撤走后，先后到万山考察和指导的苏联地质、冶炼选矿的专家有十五人。当然，来汞矿的还有其他外国专家，如捷克、美国和罗马尼亚等国的。之后，1987年7月，当年的苏联专家费多尔丘克在时隔二十八年后重返万山，看到这里的变化，感慨万千，赞叹不已。

不过，很多场景还是令人内心沉重，历史就是这样，鲜花盛开后就要面对颓败。应提到的是，1959年苏联撤走专家。抗美援朝时期，出于作战急需，中国为购买武器装备，欠下苏联三十亿元人民币的外债。中苏关系出现僵局后，苏联不断催促中国还债，并指定要万山生产的优质朱砂水银。为了不受制于人，特区人民急国家之所急，危难关头顽强拼搏，在全国遭受三年自然灾害，国民经济处于极度困难时期，采取了超强度开采，连续三年创造了年产水银超过一千吨的历史纪录，大部分被运往苏联抵偿外债。

从1958年后的四年间，万山汞矿向苏联还债出口近六千吨。当时有案可查的年生产记录是这样的：

1958年产汞近五百吨，朱砂五十多吨；

1959年产汞一千多吨，朱砂八十多吨；

1960年产汞一千多吨，朱砂近九十吨；

1961年产汞一千多吨，朱砂七十多吨；

1962年产汞一千多吨，朱砂四十吨。

1959年7月，驻矿援建苏联专家一夜之间撤走。时任贵州省汞矿党委书记的王恩涛非常坚定地说：“洋拐杖丢了，我们用土拐杖也要把万山汞矿撑起来！”这个掷地有声的号召，多少年后许多老矿人回忆起来，豪迈之情仍溢于言表。1958年到1964年是王恩涛在任的时间，对汞矿来说也是一个关键时期，他带领广大职工杵着“土拐杖”，拼搏在国家三年困难之际，可想而知他们要迎接的挑战是何其艰巨而长久。但也就在这个时期，他们创造了三个之最：参与生产的职工最多、汞矿产量最高、涌现劳模最多。

1959年到1961年，汞矿开展比高产、比质量、比效率、比安全、比成本的五比红旗竞赛和技术协作活动。过去长期受压迫、受剥削的矿山人，现在有了做主人翁的感觉，各种形式的爱国生产活动，焕发了他们的生机和活力。

刘德清，一位普通的汞矿冶炼工人，早年就在这里干活，现在更有一股激情，不畏劳苦努力工作，曾被评为贵州省先进工作者。在朱砂古镇，矗立着他的半身雕像。

还有杨辉顺，六级锻钎工。由于钻头上的合金刀硬度高，磨损后再难加工使用，通常只能弃置。他勤于钻研，终于采用电火花无齿锯成功切割合金片，同时改进焊接技术，将大量空置的合金刀重新加工使用，一年节约成本近万元。曾多次被贵州省政府授予劳动模范称号。1966年赴北京参加国庆观礼，1977年被冶金部表彰为标兵。

爱国精神是民族精神的脊梁。在中华人民共和国万山汞矿发展史上，不屈不挠、艰苦奋斗、坚忍不拔、坚守理想，是一组闪光的词汇，内含了多少平凡与伟大相互交织的情节和故事，直把矿山人的聪明才智和爱国情怀深深地镌刻在千万年屹立的岩石上。

现在的朱砂镇广场上也矗立着毛泽东主席和周恩来总理的雕像。人们不会忘记周总理对万山汞矿的亲切关怀，也不会忘记他对万山汞矿为国家作出不可磨灭贡献所表达的由衷感叹：这是爱国汞！

也不会忘记毛主席果断地将工业体系的建立作为中华人民共和国工业化的一个根本标准。他说：没有完备的工业体系怎么能说有了社会主义工业化的巩固基础呢？在上世纪六七十年代，中国建设了一批新的工业中心。在当时，中国同苏联就建立独立自主的工业体系问题有过争论。苏联及东欧一些国家认为，在社会主义阵营内建立国际分工，所以中国无须搞独立的面面俱到。对此，毛泽东不以为然。中国是一个大国，怎么能在经济上受制于人呢？于是，中华人民共和国在十分艰难的条件下，果敢地走上了建立独立自主的工业体系的道路。

现在，中国已经成为制造业大国，建立起了全世界最完整的现代工业体系，拥有联合国产业分类中所有的产业类别，五百余种主要工业产品中有两百多种产量位居世界第一。同时，中国也是工业制成品的出口大国，特别是可以出口高技术含量和高附加值的双高产品，比较典型的如高铁、核电等大型成套设备。这说明中国经济发展已经由高速增长阶段转向了高质量发展阶段，产业在整个全球价值链中不断地向上攀升。中国要以智能制造为主攻方向推动产业技术变革和优化升级，促进中国产业迈向全球价值链中高端。

最近，针对历史虚无主义的观点，有人严厉批判说：你们好好穿越下中华民族的历史，不能把中华人民共和国前三十年和后三十年对立起来，前三十年是中华民族伟大复兴的一个重要组成部分。我们的民族工业化，是从中华人民共和国成立开始的。可以说，在改革开放前，我们已经有了比较完备的工业基础。奇迹出在毛泽东时代。

朱砂古镇的历史就是一个注解说明。

深以为然。

架七层楼高木梯采矿

那个年代的现场

朱砂古镇有一条步行街区，名曰那个年代。

走在这条街上，我想起胡乔木给记忆“打结”的故事。胡乔木担任过毛泽东的秘书，邓小平说他是党内第一支笔。胡乔木曾说：一篇写得好的文章、作品，是作者对他所要写的东西作了长期深入观察的结果。话很平实，他把这种学习与思考结合起来写的文章，形象地称为给记忆“打结”，并认为思考得越深越细，那个结打得越大越牢固，就不容易丢失了。

朱砂古镇的“那个年代”，原属于工矿家属住宅区，后来在保留原建筑基础上，修修补补还原旧貌，让这些幸存以景观再现，成为实物人文雕塑，为上世纪五十年代到八十年代建筑风格和职工生活风貌定格，打上一个文化记忆的结。

可以说，我们对文化记忆往往是通过遗产来加以复述和思考的。1950年10月，当地人民政府铜仁专署接管了益民股份有限公司，时为万山最大的公司，也由此成立公私合营万山汞矿公司。1952年5月，贵州省人民政府工业厅接管了万山汞矿公司，成立了贵州汞矿厂。以后，又有湘黔汞矿公司等名称的变迁，反映了汞矿的隶属关系之更迭。与此同时，国家在此有了大规模的投资，也从全国各地汇集了一批批技术人员和矿工。万山汞矿成为中国最大的汞矿业生产基地。而今的朱砂古镇没有采取单纯的复制模式，而是突出能够引起人们对时代回味和思考的元素或符号。

在“那个年代”的叙事风格中，个人命运和宏大题材两大叙事是互补的：有以大见大，也有以小见大，大小兼备，展现时代变迁，体现集体精神追求的高度。所以，在这里，感觉历史就是追求着明确目的的汞矿人的一系列生活生产活动过程。

在步行街一处大门的两边砖柱上，分别写着“多快好省再立新功”和“勤俭节约奋发图强”两行红色方头美术字。我还不时从墙壁上看到一幅幅属于五六十年代的标语和宣传画：农业学大寨，工业学大庆；毛泽东思想战无不胜；艰苦奋斗，自力更生，多快好省建设社会主义；领导我们事业的核心力量是中国共产党，指导我们思想的理论基础是马克思列宁主义，等等。让人仿佛穿越到了文艺作品里记录的中华人民共和国成立初期那个年代，也管窥到当年贵州汞矿作为一个大型国有企业，思想政治工作搞得何其有声有色。

街头大喇叭里播放着《社会主义好》《我的祖国》《大海航行靠舵手》《咱们工人有力量》等经典老歌，激情四溢，旋律优美，有明显的红色文化基因特色，构成了色、声、味俱全的时代氛围。

职工食堂、特区中心粮油店，内设简朴，面貌保存完好。屋檐下挂着几个红灯笼，显然是为了突出红色的基调，只是那墙上的“向科学进军”的宣传画，以及“听毛主席的话，跟共产党走，把总路线红旗插遍全中国”“愚公移山、人定胜天”的大红色楷书标语，才真实、准确地点明了那个时代的鲜明内涵，“为人民服务”字样和红太阳放光芒的毛主席画像最为明显，唤起久远的记忆。

历史元素，可以是一个人物、一件琐事，也可以是一幅场景、一首诗句，如果有恰当的审美角度和审美表达，就会使人在悠悠的情思、浓浓的意境中感受到心灵的震颤。

当时的国营饮食店，现在已经成为步行街上的民俗特色小吃店。店铺女服务员的服装很有时代特色，尤其是垂在肩头的两条辫子，透出青春的朝气。店铺里桌椅的样式粗制笨拙，却显朴素大方。墙上贴着一副对联：艰苦奋斗　勤俭节约。记得在哪里也看过一句类似的口号：粮食问题要十分抓紧，闲时少吃，忙时半干半稀。这是很具时代印记的表述。

走在这条街上，还有传统手工磨豆腐、传统工具压榨菜籽油、手工编织工艺等，游客都可以亲身体验。跟我一同逛街的是导游小庞，她说，她的奶奶爷爷辈的人就住在这个街区。她带我来到小时候她住过的职工楼。那是一层的一个三间的房子，每间都不大，房后还有一个放置锅台的地方。据说，在当时，这个条件是相当不错的居住环境了。

记忆有时是碎片多元的，可它肯定触动过内心，尽管有时是模糊变形的，也能给人以现实的启示。走在那个年代的街区中就能强烈感受到这种公共精神。它不仅展示出那个年代外部的汞矿生活和生产场景，也以矿工富有个性的故事，反映了内心波折、情感交织的生命过程，由此透露了那个年代的审美规范和期望。

在另一个方向也有一个大门，搭在两边灰砖砌成的方柱上的拱形铁架上，嵌着五颗五角星，每颗星下方对应一个字组成：工农兵农场。

在这条步行街上，道路旁边不时出现的人物雕塑，如果你阅读上面的简介，就会发现每个人都有感人的事迹。栩栩如生的雕像好像在和每一个经过的人打招呼，当你回过头再望时，微笑也一直在那里，可一晃，他们就又消失在街区走动的人群中了。

这些人物雕塑的原型多是当年在这里生活和工作过的矿区带头人和劳动模范。他们有名有姓默默地站在这里，说明这块土地没有忘记他们。很多游客驻足观看，看着他们的事迹，那种勇敢与智慧的执着追求，那种孜孜不倦的奉献精神，让后来者肃然起敬，尤其是普通工人雕像，充满力量和阳刚之气。

万山矿区的老红军陈永安，1934年参加中国工农红军第二方面军，经历过长征。1950年10月，他来到当时是公私合营的万山汞矿公司，1962年担任汞矿监委书记。再如，吴海亮，新中国成立后的万山区第一任区长。

给我印象最深的是“三杨”，三位侗族工人。

1951年2月的一天，一个刚满16岁的小姑娘走进万山汞矿公司办公室，自我介绍叫杨菊花，她要求参加捡砂工作。公司领导见她是一个身体单薄的孩子，就笑着劝她过几年再来。但是，这个倔强的小姑娘有力地伸出手来，坚持说：“看，我能捡！”公司领导颇为感动。从此，杨菊花果然就用自己的双手在矿上做出了突出成绩，18岁当上了黑洞子选矿三班女工班长。在博物馆，我见到有一张照片，那是当时黑洞子选矿工地的鸟瞰场景：好大的一处碎石矿渣滑坡，上面一字并排站着拾荒的人；坡下几间简陋的工棚，可能是临时休息地。据说，汞矿公司曾多次组织开采、拾荒、选矿三大组的生产竞赛活动。从中我仿佛看到了杨菊花的身影，在碎石坡随着人群行列慢慢地向上推移。以后，矿上推广了杨菊花创造的“双手选矿法”，工效比1953年提高六十倍。1958年她参加全国妇女代表大会，受到时任全国妇联主席蔡畅的接见。第二年她又被国家冶金部授予劳动模范称号，成为北京召开的全国群英会上来自矿区的时代女性的佼佼者。

在博物馆，有一张手锤采矿照片很特别。画面上，几个长而细的梯子从地面接到巨大的矿洞顶部，有人站在矿石堆旁往上看，上面是敲凿矿石的人。在岩洞的背景下，梯子显得那样单薄，而人又是那样渺小。上世纪五十年代，生产方式方法有了明显变化，手锤凿岩采矿逐渐被风钻凿岩方式替代，到七十年代，又采用了装岩机装矿，基本实现了机械化采运流程。

这里，一定要说一下全国劳动模范杨再发。他曾在黑洞子一坑从事矿坑凿岩工作。三年困难时期，他团结班组，创造了风钻凿石推进最高纪录，他还改进苏联专家的“七眼掏心”为“五眼掏心”“边角掏心”，尤其是“杨再发掘进队炮眼排列法”在全矿区推广，大大提高了工效。以后，这种方法在贵州全省采用。正是由于杨再发善于钻研技术，为青年人提供了榜样，被共青团中央授予社会主义积极分子称号。

“三杨”中还有一位叫杨明珠，贵州省先进生产者。他的工作再平凡不过，采矿、捡砂、砍柴等，还赶过马车。他不计较个人得失，认为工种没有贵贱之分。

走在这条街上，人物雕像逐渐退在身后，可耳边却仿佛传来久违而熟悉的声音，由近及远，由强而弱，由真而幻，我回头寻找，看到的只是那个年代留下的旧貌，贴着宣传画的墙壁已经斑驳，几块墙皮摔散在地上。那个年代里有珍藏也有苍凉。经过那个时代的人，可因这里的一砖一瓦勾起往日的青春回忆，故地重游，壮怀激烈。没有经过那个时代的人，可因前辈的只言片语体会那时的生活状态引发思悟。

所谓历史是当代史，有时，在叙述前人历史的时候，我们根本不可能把过去、现在和未来分得那般清楚，这里总有我们自己的理解，投入了个人生活经验或情感，甚至带上幼稚的想象，直至把一个细节参透得生机盎然。实际上，一个时代有一个时代的精神和事件。有人概括说，在这里有上世纪五十年代的艰苦卓绝，六十年代的激情燃烧，七十年代的热情澎湃，以及八十年代的与时俱进、继往开来的不同场景和氛围。与其说那个年代是我国工矿开采的独立自主、发展经济、振兴中华历史的一个缩影，毋宁说它根本就是一个精神线索——中华人民共和国成立以后所形成的那种精神，那种团结拼搏、创业奉献的精魂，到过万山汞矿遗址，就会深深体会到这一点。

工业履痕

没有想到，朱砂古镇与工业、科技有关。

1956年，是中国科技事业的重要一年。这一年，毛主席发出了向科学进军的号召。特别是《1956—1967年全国科学技术发展远景规划》的制定，对八个基础学科作出了系统的规划，其中就包括化学、地质学、地理学。这是一个历史性的开端，系统性地引导了科学技术的发展。

也就是在这一年，万山汞矿区开始架设电线网，开采作业面实现了电灯化。万山还是万山，对钻矿洞的人来说，眼前的世界却豁然明亮，是天日的改变。

汞矿生产包括地质勘探、采矿、冶炼等过程，其中的知识含量巨大且繁杂，普通人很少了解，所以，到朱砂古镇的人一定要参观万山汞矿工业遗址博物馆。这里原是贵州汞矿办公大楼，建于1982年，共五层，是当时铜仁地区最气派的建筑，现在，是贵州省科普和爱国主义教育基地，与现代化的高楼大厦相比，独有一种厚重的味道。

博物馆里挂着许多旧时的照片，让人真实地看到曾经的矿区工作状况和场面。如井下使用的液压凿岩台车照片，如反映矿石运输工具变迁的照片：矿工手推的木矿车和鸡公车的出现改变了过去肩挑人背的运矿方式。特别是鸡公车，斗子比普通独轮车的斗要大，方形铁皮制作的斗子要是装满了矿石，普通人是推不起来的。还有那张电机车拉着矿石满满的U形矿车开出开入矿洞的照片，就因为那U形矿车像一条长龙，给画面带来一种艺术的动感。

在汞矿博物馆，我注意到一张很有意思的黑白照片，可称为土灶取汞。在一个大铁锅旁，一个工人卷着长袖，腰扎围裙，头戴布帽，口鼻处戴着简陋的防尘罩，正弯腰捡拾锅里碎石中的水银结晶块。左手端着一个缸子，右手伸到烟灰色的锅里，那手臂上鼓起的血管清晰可见。

据上世纪三十年代的《贵州矿产纪要》记载，所谓土灶炼汞技术，其原理比较简单：在火砖砌成的土灶上，放置一公尺直径的大铁锅，里面套着砂缸。冶炼时，将捣碎的砂石倒入铁锅内，炉下烧火，蒸气上升后，硫化汞分解成水银凝于砂缸内。这就是所谓“以稃秕布陈汞灰，于其上治以杓，中凹以围凸，覆以釜”。又所谓“凡一夜而炼汞成，滴滴悬珠，滉漾璀璨，皆升于覆釜之腹”。

以后，在此基础上，对土灶略有改良，从而提高了汞的回收率。这种改良后的土灶一直沿用到新中国成立后。1958年，湘黔汞矿公司仍大量使用土灶。是时，日处理矿石二十六吨，约占当时冶炼总量的五分之一。土灶生产条件差，污染环境严重，更重要的是造成汞矿的极大浪费。以后出现了用泥巴砌成的有一人多高的土高炉，它不仅改善了生产条件，而且提高了汞的回收率。从挂在博物馆墙上的几张炼汞高炉的照片看，高炉往往设在矿洞附近，便于就近收取矿石，减少了运输成本。高炉放置在简陋的棚子里，几根水泥柱支起来并用铁架和木板隔出开放的四个层面，便于高炉及时散热，也可以蹬在架子上检修高炉。高炉终于取代了土灶，在全国推广。其中有一张照片，高炉铁架上悬挂着“路线是个钢，纲举目张”的标语，透露了那个年代突出政治，抓阶级斗争的意识形态氛围。

用机械炉炼汞那是再以后的事了。1964年至1972年，在贵州汞矿出现了高炉、沸腾炉、蒸馏炉三种冶炼方法共存的局面。1965年，长沙有色冶金设计院与贵州汞矿、贵州有色金属工业局共同进行机械蒸馏炉实验，终于设计建造出日处理0.5吨精矿的电热蒸馏炉。有一张女技术人员正在电热蒸馏炉控制室全神贯注地操作的照片，吸引我仔细看了很久，设备的大小和繁简，人员的神情与着装，浓厚的时代气息，可以想象万山汞矿生机沸腾的工作场面。蒸馏炉的出现，加快了手工炼汞生产向机械化生产的过渡。到1990年以后，大部分的炼汞是由蒸馏炉完成的。

万山汞矿冶炼技术的历史演进，代表了国家汞矿冶炼技术的不断进步和最高水平。机械采运—化学浮选、重力机选—蒸馏炉冶炼，是上世纪八十年代汞矿主要生产流程。在博物馆机械类文物展示中，人们可以看到万山汞矿企业已经拥有了技术先进的机械设备，摇臂钻床、卧式车床等，用以加工零部件、设备维护，为汞矿开采和冶炼提供技术保障。生产方式逐渐改善，产品质量不断提高，万山汞矿创造了大量财富，有力及时地支援了社会主义建设。

现在，中国已经成为世界上唯一一个具备完善工业体系的国家，其中的一个重要原因，就是能够集中力量办大事。当国家对科学技术发展有中期和长期规划以后，紧跟其后的就是人力物力的集中、迅猛投资。这是中国的一个优势。可以想象，作为国家企业，当时的万山汞矿为我国工业基础的培育和发展贡献了怎样的力量。

从汞矿博物馆出来，黑白旧照片的那些画面总是浮现眼前。在博物馆的右边和左边分别有两个建筑：右边是“七·二一大学”遗址楼，左边是贵州汞矿礼堂。

万山汞矿的技术人员是核心人员。劳动模范李修平，是矿区炸药库的工程师。他潜心研究，终于制出比TNT炸药安全性能还好的邻位硝基乙苯炸药，每年可为汞矿节约成本三十万元。这在当时可是不小的经济账。这个事例长久地留在矿区决策者们的脑海中。

1968年7月，关于培养工程技术人员的调查报告发表，编者按中有毛泽东亲笔加的一段话：“大学还是要办的，我这里主要说的是理工科大学还要办，但学制要缩短，教育要革命，要无产阶级政治挂帅，走上海机床厂从工人中培养技术人员的道路。要从有实践经验的工人农民中间选拔学生，到学校学几年以后，又回到生产实践中去。”这段话被称为“七二一指示”。在谈到培养工程技术人员的道路时，调查报告说：实践证明，从工人中提拔的技术人员比来源于大专院校毕业生的技术人员要强。由此，调查报告提出了“教育革命的方向”问题，强调学校教育一定要与生产劳动相结合。

万山汞矿的“七·二一大学”就是在这样的背景下建立的，所以，培养矿区实用型人才是办大学的宗旨。从矿区工人中选拔学员，邀请矿里的技术人员、工程师和有经验的老矿工做教师；汞矿生产中有什么问题，就学习解决什么问题，一切从生产实际出发。“七·二一大学”先后有二十八名毕业学员在走上岗位后成为业务骨干。

此楼以后做过技工学校学生宿舍、职工疗养所和医院职工宿舍。现在这幢遗址楼附近矗立着一组雕像，汞矿工人、科技人员正在聚精会神工作的场面，富有动感，呼之欲出。

贵州汞矿礼堂，是1953年建造的，可以容纳四百多人。要知道，在当时铜仁地区，这里是一处较高档的场所，全国和全省性重要会议、文艺演出、电影放映，每一次组织活动都会给周边带来轰动。1978年，贵州汞矿与东北工学院等单位联合成功试制出钛汞合金，后来获国家科技进步二等奖；1980年9月，贵州汞矿生产的“银河牌”汞获国家银质奖。为此，召开的各种表彰、纪念大会都是在贵州汞矿礼堂举办的。

朱砂古镇的清晨，从汞矿礼堂大门前按时响起那个年代流行的歌曲，或激昂奋进或舒缓悠长，但都明显地带有逝去年代的革命精神理想的旋律韵致。

古镇的红枫叶落知秋

扰攘的黄色炸药

二十世纪五十年代，有几位井下矿工发现了一大颗与水晶石伴生在一起的宝石，里面居然有活水银流动。有两千多年开采史的万山震动了！

这是天然水银，是朱砂因酸性侵蚀气聚而成的，在只有经过亿万年地质运动高温状态下才能出现这样的情形。自然界中难成，人类世间难遇。这是无价之宝。

可惜，有外国专家以研究为名硬生生拿走了。因为那是外国友人，怎能不一百个信任呢？现在这颗珍宝流落异国他乡，一直未见归还。万山人可为之一哭。

其实，万山的珍贵资源，早就引起世界瞩目。大多数人止于羡慕、向往，或开展正常贸易。外国从中国输出水银的贸易一直持续到十九世纪末。但是，也有些人就是依仗强势，动起手来，有暗着偷的，也有明着抢的。

鸦片战争以后，英法列强开始垂涎万山汞矿。1898年，英法水银公司以还债相要挟，强租包括黑洞子在内的万山汞矿。这是贵州省第一家外资企业，也从此开启了贵州洋务运动的发端。这家公司引进了近代管理方式，管理人中有管班、翻译、矿师十多名，他们负责采矿业务的核心技术。自此带来的是规模庞大的开采场面，除了一千多人的矿工以外，还有其他辅助人员。有历史学家说，这是中国较早的一批产业工人。

光绪二十五年（1899年）七月，云南矿务局与隆兴公司私订合同，将贵州铜仁等地之铁、汞、煤矿开采权出让。英法商人遂置青溪铁厂经营于不顾，疯狂开采万山汞矿。英法水银公司由此组建。其第一任总办为英国人亨利·比利，另有十名外国人的管班（1899—1908年）。

与英法水银公司在万山开采汞矿的租期原来定为五年限期，但他们不顾信誉，又违约多开采五年，这样下来前后共十年。有统计显示，1899年至1908年，英法水银公司采走了七百万吨水银，获利四百万银圆。

他们攫取财富数量之大，与其采用的是先进开采技术和管理方式有直接关系。这与之前国人开采和炼汞方式有巨大不同。主要是手工锤敲镐刨被风钻机冲凿取代、火药膨胀取石被黄色炸药爆破取代、人工肩挑背驮被轨道矿车运输取代、土灶冶炼水银被机械竖炉炼汞取代。

这对中国传统汞矿采矿、冶炼，以及勘探技术影响深远。1908年，英法水银公司撤走后，很多技术和方式多被延续下来。1915年，瑞典学者丁格兰到万山进行地质调查时，曾拍摄了英法水银公司在万山老砂坑采矿和炼汞机械炉照片。它们被刊发在国外报纸上，作为该公司在中国的业务状况介绍。这些照片可以在北京中国地质博物馆看到，成为外国公司在万山猖狂掠夺汞矿资源的实证。值得注意的是，一百年后，也就是2015年4月，贵州省委、省政府将这里列为爱国主义教育基地的一个重要内容。

首先，也许我们应该悲愤交加，致哀那些积贫积弱的岁月。同时我想，英法水银公司的黄色炸药，除炸痛了中国朱砂矿脉的心脏，冲击了中国传统落后的采矿操作现状，必也唤醒了中国人的民族斗争意识。

采矿工人在这里受到残酷剥削压迫，痛苦不堪。有一首民谣这样描写道："洋鬼子，真凶狠，皮鞭一挥就打人；狗通事，奴才性，'也司、也司'声连声；刁管难，没良心，伙同洋鬼子抽我身；矿工苦，矿工恨，有朝一日宰儿们。"

矿山民众忍无可忍，奋起反抗。一些山主、矿主和团首公开站出来，号召民众团结起来，一人受迫害，大家冲上去，绝不再埋头任人欺凌。我在朱砂古镇看到了杨永和的半身纪念雕像。他是万山敖寨人，以后迁居万山集资采矿。1895年他赴广州追随革命，回黔后在万山、铜仁、镇远等地组织串联，宣传革命。1912年他因"运动砂丁、谋为不轨"的罪名，被杀害于铜仁江中门外。

1899年，杨永和与在民众中威信很高的卢廷杰为团首，联络各路首领，相约发誓：阻止、抵制洋人开采汞矿，有"卖地给洋人者，断子绝孙!”并率众把住山道路口，抵制洋人入境。为了取得官府支持，他们还联名写状子，请求万山吏目田树堂，坚决把洋人赶出万山。

但是，官府不敢得罪洋人，田树堂竟然怒不可遏，认为卢、杨是一伙暴民，扰乱矿场秩序，悍然派兵弹压。铜仁总兵林觉听任洋人无理要求，无视中国矿工利益，一面大打出手一面蓄意挑拨，引起矿工内斗，致使上万人死于非命。

曾有资料显示，就在英法水银公司设立的第二年，1900年，杨永和的三子杨宠光等人以哥老会为名，组织矿工上百人，于中秋之夜在张家塆武装起事，他们高举扶清反洋的旗帜，破坏洋人的矿车、轨道和高炉等设施，一度收回大洞、小洞等矿山。

但是，终因势单力薄，枪弹不足，抵不住官府的大兵镇压，杨宠光等人被迫撤离万山，撤到湖南境内避难。

万山矿山的反抗运动，震慑了英法水银公司。

1903 年 5 月，英国报纸报道了英国外交人员柏兰在英法水银公司的讲话。柏兰说：“昔拳匪乱炽之时，荒民群聚，欲取文山（万山），厂之所有而毁之。”“公司派人前往各处探视矿苗，常被土民掠夺。”“追思往事，实为可惧。”

正逢辛亥革命前夕，全国形势迫使清朝廷不敢再继续拖延，电示贵州巡抚岑春煊：查英法矿产公司曾与云南矿务公司订立合同，限五年为期，开采铜仁、镇远、思南等府水银……合同逾期，应由中国收回自办，告知该公司。

在官民一致强烈反对声中，英法水银公司不得不停止开采万山汞矿。从此，中国收回采矿权，实时是1908年。

史学家曾这样评价：万山矿区，是贵州早期工人运动的发源地。万山矿区工人的反抗运动虽然失败了，但它是贵州工人运动史上第一次反对帝国主义经济侵略的斗争。它锻炼了早期的工人阶级队伍，为新民主主义革命时期万山工人运动的发展打下基础。

在德国有一位著名的地质地理学家，叫李希霍芬（1833—1905）。在1868年到1872年四年间，他曾到中国进行了七次地质考察。当时中国行省划分有十八个，而他竟去过十三个省。他回国后，一头扎在写作上，终于完成了《中国——亲身旅行和据此所作的研究成果》一书，五卷本，可见收获之丰。这里可以说明两点：一是中国地大物博早已知名于国外；二是该书在欧洲地理学界引起了巨大的反响。

在矿产探查方面，李希霍芬不仅记录了地形地貌的特征，更主要的是圈点了具有矿产资源开采潜力的区域，这里包括湘西、黔东（万山一带）汞矿区。我们完全可以想象，西方人了解到李希霍芬的研究成果后，是怎样的跃跃欲试呀！其中是不是也有创办英法水银公司合伙人的身影呢?

前两年，曾有一本《李希霍芬中国旅行日记》的书出现在市面上，我一直想找来看看。再提一句，最近总是讲到的丝绸之路这个概念，其发明人就是这个德国人。李希霍芬把从公元前114年至公元127年，中国与中亚、中国与印度间以丝绸贸易为媒介的这条西域交通道路命名为丝绸之路，之后这个名词很快被学界和大众接受。首次提出“丝绸之路”概念的时间是1877年。

李希霍芬曾长期担任德国柏林地理学会会长。2019年有中国记者专访了该学会的现任会长阿舍。据他讲，俄罗斯长途汽车运输协会曾来拜访柏林地理学会。这家协会的会员企业一直在欧亚大陆间从事运输，希望购买“丝绸之路”的版权来命名自己的运输线路。“显然这个并不涉及版权。而且真要买也应该找他啊！”阿舍指了指墙上挂着的李希霍芬画像。

阿舍说，李希霍芬提出的丝绸之路，不是一条单一的路线，而是一个连接东方中国和西方欧洲的交流和运输网络。更重要的是，丝绸之路既是地缘政治的概念，也是观念、商品以及人员进行交流、交换的概念。

阿舍说，在那个帝国争霸的时代，李希霍芬以一个德国殖民者的身份来到中国。但他在考察中发现，在历史上连接中国与欧洲的这条路线，与殖民、侵略和压迫毫不相关。通过丝绸之路进行的商品和文化交流，完全是以平等的方式进行的。现在中国的“一带一路”倡议，得到了德国各界的广泛关注。

红色一页

2019年3月18日，中央宣传部、财政部、文化和旅游部及国家文物局关于公布《革命文物保护利用片区分县名单（第一批）》的通知说，按照集中连片、突出重点、国家统筹、区划完整的原则，坚持以革命史实为基础、以党史文献为参考、以革命文物为依据，依托土地革命战争时期的革命根据地和抗日战争时期的抗日根据地，确定第一批革命文物保护利用片区分县名单。我查看了第一批名单，而在湘鄂川黔片区中，贵州省铜仁市有万山区。

我在这里听到了一段故事，描述的是姚玉清带领省溪纵队烧了冷风洞矿区的事，它是革命红色文化中可歌可泣的一页。

一

省溪县，是铜仁市万山区的前身。

1931年至1948年，万山这个千年老矿区打土豪，斗矿霸，迎红军，点燃了万山工农群众武装斗争的烈火，为万山的解放奠定了坚实的基础，并作出了巨大牺牲。

1936年元月，在前后都有国民党军队围追堵截中，红二、红六军团长征来到省溪境界。为了牵制敌军，策应红军，并给红军提供钱物、补给弹药，在队长姚玉清的带领下，当地省溪纵队频频出击，突袭冷风洞，杀死矿警十余人，没收朱砂、水银千余斤，缴获枪支十余支。在奔袭麻阳乌油厂时，杀死该厂卫兵，没收厂主剥削而来的数万银圆。

1944年年初，冷风洞矿场新调来一个管班，叫蒋寿昌。此人狡猾凶狠，手下还有一伙矿警、监工为虎作伥。两年前，汞业管理处就因矿工抗议，取消了搜身、体罚等规定，但蒋寿昌对此置之不理，不仅对矿工，甚至老幼妇孺，不管男女，一律搜身，而且动不动就肆意侮辱和毒打矿工。矿工杨柏光，少年丧父，跟随母亲到冷风洞当童工。有一次，因饥饿难忍从洞中拿了一块朱砂矿到洞口换油粑粑吃，正巧被监工发现，矿警上来一阵拳打脚踢。他被打成重伤后，一个多月不能起床。

以后，省溪纵队成立时，已是青年的杨柏光毅然带动一伙受苦受难的矿工参加了纵队，还被任命为第三支队队长，从此以矿工身份开展革命活动。

杨柏光的革命言行引起监工、矿警的不满。为此，管班蒋寿昌设计了一个陷阱，他暗中叫一伙带枪的人，尾随杨柏光、杨名盛等十多个矿工进洞运矿。不一会儿，这伙人盗走了朱砂矿，然后逃之夭夭。待清点矿砂时，蒋寿昌硬说杨柏光、杨名盛与那伙人里应外合，造成砂矿丢失，并立即叫矿警把二杨抓了起来。最终，以见匪不报的理由，把杨名盛活活打死，杨柏光也被砍掉了手指头，轰出矿场。

蒋寿昌等人的暴行，激起了矿工们复仇的怒火。5月的一天，趁蒋寿昌大办生日宴会时，省溪纵队长姚玉清命令杨柏光率领第三支队战士，兵分三路，掐断电话线，趁黑夜从荒洞进入碉堡，堵住了还在饮酒作乐、打牌赌钱的蒋寿昌一伙；用马刀砍死管班蒋寿昌，又乱枪击毙十余名矿警，然后一把火点燃库房桐油桶、炸药桶，熊熊烈火烧了大半日，冷风洞矿区化为灰烬。

二

贺龙在铜仁地区有着很深的群众基础。1925年9月，贺龙率国民革命军进驻铜仁，派部队进入省溪境内扩军，提出“消除恶患、保护工农”等主张，深得人心，一批有志青年参加了部队，高楼坪乡黄舍田人姚玉清就是其中之一。在万山朱砂古镇现有姚玉清的半身雕像，其介绍文字写道：“1925年9月4日，贺龙率革命军来到万山。姚玉清为贺龙带路前往六龙山查看地形。从此，萌生参加革命的念头。”

姚玉清参加国民革命军后，深得贺龙赏识，并担任警卫，在鞍前马后追随贺龙入湘北伐至澧州，贺龙又送他进讲习所学习。贺龙军队将士和睦，禁抽大烟，禁拖夫，禁拿百姓财物，军风正，军纪严，使姚玉清更加坚定了革命的信念。姚玉清随贺龙赴河南，大战北洋军阀，数战大捷。这时贺龙从旅长升为军长了。1927年，姚玉清与四千余黔东子弟一起参加了贺龙任总指挥的南昌起义。以后，姚玉清走失，与部队失去了联系。

1931年3月，姚玉清才在湖北长阳找到贺龙。此时，部队已被改编为中国工农红军第三军。当时，革命队伍中夏曦大搞肃反，滥杀无辜。贺龙军长深知，连自己可能都会随时被关押起来，何况像姚玉清这样的热血青年呢？为了保护姚玉清，暂避政治旋涡，贺龙派他回原籍省溪开展地下革命活动，为将来在黔东开辟革命根据地打好群众基础。

姚玉清是一个革命信念坚定的人，又当过贺龙的警卫员，深受首长的影响。在政治讲习所学习过程中，提高了政治和军事素养。回到了久别的故乡，姚玉清做了矿工，暗中结交进步人士，秘密成立了省溪县苏维埃政府和地方武装，姚玉清任政府主席兼省溪纵队队长。从此，省溪纵队为当地群众和矿工办了许多长志气的事情，深受群众尊重和拥护。

不能忘记的是，纵队刚成立三个月，也就是1931年8月13日，日本侵略者大举进攻上海，省溪纵队决定派出刘洪全等一个营的人奔赴抗日前线，直至全部阵亡在上海保卫战中。

三

夜晚，朱砂古镇进入一片静寂。夜色笼罩的古镇掩映在一片灯火中，宛若仙境，让久处都市喧闹的我感受到一种难得的清静。

在这里，我想提一下，在结束朱砂古镇采访以后，我翻阅了一些资料，想进一步了解省溪纵队的事情。随着阅读范围的扩大，特别是关于红军时期肃反扩大化的相关内容，心情却变得沉重起来。

湘鄂西根据地的湘鄂西红军，1928年由贺龙、周逸群等人创建，为当时三大红色根据地之一。编制为中国工农红军第二军团，后改编为红三军。鼎盛时期，拥有近三万正规红军、二十万地方武装，并占地五十多个县，《洪湖水浪打浪》歌颂的就是他们。

1931年年初，在党的六届四中全会上，王明成为主要领导人。夏曦受命去湘鄂西建立中央分局，是中央在湘鄂西的代理人。3月，夏曦到达湘鄂西后，便免去了周逸群特委书记以及苏维埃政府主席的职务。以后，周逸群在执行任务时，路上遭遇伏击而死，时年只有三十五岁。

周逸群是铜仁人，贺龙的政治领路人，他介绍了贺龙加入中国共产党。以后，作为国务院副总理的贺龙元帅认为，周逸群是湘鄂西“正确路线的代表”。2009年9月14日，周逸群被评为一百位为中华人民共和国成立作出突出贡献的英雄模范之一。

1930年2月，红二军团成立，贺龙担任军团长，周逸群担任政委，他们一起创立了湘鄂西苏区。周逸群1926年参加了北伐战争，8月任国民革命军第九军第一师政治部主任，从此与时任师长的贺龙并肩战斗，成为亲密战友。1927年8月和贺龙率部参加南昌起义，起义失败后与贺龙往湘西开展工农武装斗争，任中共湘西北特委书记，领导创建洪湖革命根据地，指挥洪湖红军战胜敌人多次“清剿”。1928年1月，周逸群任中共湘西北特委书记，与贺龙赴湘西北地区开展武装斗争，途中参与领导鄂中鄂西地区年关暴动和桑植起义。

1929年，在领导鄂西游击总队开展游击活动时，周逸群提出了“你来我飞，你去我归，人多则跑，人少则搞”的游击战术，多次挫败了国民党军及地主武装的“清剿”。

湘鄂西发生了扩大化的“肃反”，其实质是中央派遣人员从根据地开创者手中夺取权力的过程。夏曦的肃反让红军大量减员。从1932年1月到1934年夏，夏曦在湘鄂西苏区连续搞了四次“肃反”，仅第一次肃反就杀了上万人。第二次肃反，政治机关的干部几乎全部被杀，有的连队前后被杀掉了十几个连长。第三次肃反，连根据地的创始人段德昌也被杀掉了，贺龙也上了黑名单。红军中只剩下了三个半党员，只有夏曦、关向应、卢冬生三人，贺龙只算半个。

贺龙曾回忆：“夏曦在洪湖杀了几个月，仅在这次（第一次）肃反中就杀了一万多人。现在活着的几个女同志，是因为先杀男的，后杀女的，敌人来了，女的杀不及才活下来的。”

二十世纪三十年代初期，全国各个红色根据地都存在不同程度的肃清反革命分子运动。应该说，当时战争不断，环境紧张，苏区面临着敌人的破坏与渗透，肃清真正的反革命，关系到苏区的安危存亡，采取迅速果断措施是必要的。遗憾的是，以后在复杂的客观和主观因素的促成下，导致肃反扩大化，大量错案发生。

单是从主观方面看，原因就很多。比如，表现为肃反中少数品质恶劣者的操纵；再如，在处理党内矛盾和肃反斗争中，政策观念不强，感情用事，把复杂问题简单化。这些都说明当时中国共产党尚处于幼年时期，红军也处于初创时期，在处理复杂政治问题方面还缺乏经验，还不成熟，其教训是深刻的。

四

在整理朱砂古镇采访笔记时，我又了解到关于省溪纵队的事情。

1934年10月上旬，红三军团战士一百多人进入省溪。姚玉清命令省溪纵队积极配合红军，他们抄没矿主财产，严厉打击土豪，将衣服、谷物分给穷人。省溪纵队五百多人驻扎在省溪县城，宣传红军的宗旨，号召百姓起来“打倒土豪劣绅，打倒国民党，建立苏维埃政权”。这下激怒了贵州军阀王家烈，他指令驻扎在铜仁的军队，疯狂镇压矿工和贫民的斗争活动。为保存实力，省溪纵队暂时撤离了县城。但是红军的影响和革命事迹已经留在百姓心中。

1936年秋，地下党员龚永明受党的委托，来到省溪县领导纵队开展革命工作。以后，他成了姚玉清的入党介绍人，并担任省溪纵队政委。自此以后，矿山斗争日益激烈，先后组织领导了“刀砍金委员”“火烧冷风洞”“血染张家湾”等工人运动，而且纵队活动更加积极，讲政策、讲策略、讲战术，尤其是紧紧与矿工生活连在一起，团结更多的人，解决他们眼前的困难和危机。

1939年2月，有个姓金的总管班，人称金委员，经常随意惩罚矿工，手段狠毒。例如，他上任不久，就宣布三条禁令：夜里不许点灯；不许大声说话；不许外出。某晚，矿工杨华与老母亲说话，因她耳聋，杨不得不稍微大一点声说话。最终，杨受到鞭笞，其母被拳打脚踢而腹痛致死。还有一天，矿工杨毛在路边锤选矿砂，金总管偏诬告他偷朱砂，遂将其毒打至口吐鲜血。金的种种暴行叫矿工人人自危。于是，在苏维埃政府的支持下，省溪纵队队长姚玉清和地下党员陈文星在筹划了一番以后，将作恶多端的金总班砍杀了。这件事传遍了矿场。矿工们为之称赞，深感终于有了主心骨。

1942年七八月，姚玉清组织矿工罢工，要求停止所谓劳动竞赛的规定，尤其是不能拿没有什么购买力的法币当酬劳，要直接发“一斗米”以维持矿工生活和养家。罢工持续一个多月，终于在矿工同心合力下取得了胜利。

正当矿场形势向着有利于革命发展的时候，1947年冬，龚永明去重庆向地下党组织汇报工作，就在返回铜仁途中，吐血不止，不久就牺牲了。龚永明的死，是因为积劳成疾，特别是在一年前被国民党关押在铜仁期间遭到折磨。

姚玉清闻讯，“万分悲痛，茫然不知所措”。省溪纵队地下党组织遭到国民党当局的严重破坏，姚玉清失去了与上级党组织的联系。由于群众的保护，姚玉清活到了新中国成立后。

看这些相关回忆文章，特别是阅读了作家刘茂隆（雪苇）的《雪苇回忆》，他在新中国成立前担任过中共贵州省工委委员，我更多了解到关于省溪纵队的史实，内心感慨颇多。

电机车运矿

第三章 时间的深处

清晰一个更加全面的朱砂矿山遗址的历史图像，需要走进时间深处。

首先还要说到黑洞子，站在正前方，看到的黑洞子矿洞口扁而阔，样貌阴森。在刚刚进入洞口处，有几根不规则的岩石柱，它们支撑出的一片空地，颇似一个大厅，这是天然形成还是人工采矿留下，不得而知，反正已经存在两千多年了。过去，这里也叫黑窿子、老砂坑，听起来就带着岁月的沉重，这是世界上最早的汞矿开采地。以物述史的独特魅力，启迪我们思考自身与往日创造物之间微妙的关系。黑洞子洞口二田争砂遗址的指示牌，提示我们已经进入历史隧道，如果继续探求，还要敲开“羁縻政策”“土司制度”“改土归流”等专有词的内核。羁縻政策与中央集权制度相结合，为少数民族因地制宜自主发展经济、文化创造了条件，也造就了民族之间互相交流并逐渐走向团聚与统一的条件。

如果仔细琢磨发生在思州田氏土司地界上的历史事件，就感到它是具有偶然性的，也仅仅是贵州的一个点，不应该掀起什么太大的波澜。但是，就是这个偶然性，却与历史发展过程中的必然性紧紧地相连，或者引用马克思的话，历史过程的“加速和延缓在很大程度上是取决于这些‘偶然性’的”；如果没有偶然性，“历史就会带有非常神秘的性质”。

历史总是提供上游的智慧。特别是有了历史事件的细节以后，我们就看得更为真切生动，最后它可以浓缩为一个法则，成为一个逻辑。这期间历史发展的规律性和历史人物的能动性错综交织，便有了说不完的话题。

听其自相雄长

朱砂古镇之所以古，我想也在于这里面埋藏着历史，一段不可忽视的中国西南地区的历史。

万山夜郎谷景区内有一个古堡群。它们建于明朝洪武年间，据说是为防御异族的进犯，或者是土司之间的争斗，所以，多建在地势险要的山顶上，不仅视野开阔、易守难攻，而且能够通过烽火台点火升烟，在敌人来犯时提前传送敌情，保持古堡之间的统一行动。

这些用当地岩石垒砌而成的古堡，有圆形的，也有椭圆形的，当地人把这种古堡称为屯。这就说明，这些古堡有别于小型堡垒，内部原建有房屋，可容纳近百人。古堡墙体也厚，有两米多，从墙根到墙头有两人高，很难侵入。古堡设有面朝四个方向的大门，打起仗来，灵活机动，进出自如。古堡是成群列开的，因为离村寨较近，平时便于生活往来，战时则可及时增兵运送伤员。这是一种建立在实战经验基础上的设计，可见那时的争斗或冲突是经常发生的。

看着这些古堡，我想象着发生在遥远时间深处的战争场面，刀光剑影，人群嘶喊，兵器溅出火星。头脑中突然闪过岑参的著名诗句：将军金甲夜不脱，半夜军行戈相拨，风头如刀面如割。残酷的时间在流淌，至今已经留在万山谷底了。据考，战争的发生主要有三种情况：土司之间的争斗、土司与被统治的部族矛盾、土司与零散匪患的搏杀，以及其他缘故，如汉官勒索和朝廷征讨等所引起的起义、反叛。

说到土司，过去我们不是很了解，直到著名作家阿来的小说《尘埃落定》面世，很多人才知道土司的事情。小说写了声势显赫的康巴藏族土司，酒后导致和汉族太太生了一个傻瓜儿子。虽然他在生活上显出傻来，但是却有超时代的预感和智慧，成为土司制度兴衰的见证人。其中还有多家土司为争权夺利，施谋设计，胜者为王的情节。麦其土司的权力因为得到汉人的帮助逐渐发展壮大起来，尤其是在生产上对罂粟和粮食的正确播种占尽先机，最终成为诸多土司中实力最强的一个。

小说出版那年大概是1998年，它的题材和别致犹如清风袭过文坛，后来还得了第五届茅盾文学奖。当时评委认为这部小说视角独特，“有丰厚的藏族文化意蕴。轻淡的一层魔幻色彩增强了艺术表现开合的力度”。

其实，在中国历史上实行土司制度的地方不是一处。在少数民族地区，尤其是远离中央政治权力中心的地区，为解决地域阻隔和文化差异等问题，历史上西南、西北地区，如桂、滇、川、黔、鄂、甘、青等省区，都推行过土司这种特殊制度。通常来说，土司制度起始于元朝，兴盛于明朝，衰落于清朝。

由于这些地方经济文化滞后、社会发展水平低下，中央一时管辖鞭长莫及，或需要过渡性统治，在实现了军事征服，或者那里的土司主动臣服后，中央政府就会网开一面，承认已经存在的实际管理状态，给予一定的爵号等诸多优惠条件，但土司应该清楚他们仅仅是为朝廷管理地方，不能做出背叛朝廷的事情。这就是历史上著名的羁縻政策。

《史记》索引解释说："羁，马络头也；縻，牛蚓也。"《汉官仪》云："马云羁、牛云縻，言制四夷如牛马之受羁縻也。"显然，"羁縻"二字有侮辱性嫌疑。实际上，就是所谓"以夷治夷"的政策。自西汉至清代，羁縻政策经历了边郡制、羁縻州府和册封制、土司制三个阶段。尽管形式有所不同，但出发点都是让少数民族按照自己的方式管辖本民族、处理本民族的事情，以适应和保持少数民族独特的文化传统与生活习惯。有人说，相当于现在的民族自治区。这话不够准确，但给予少数民族地区较中原管理更多的自主权，却是相似的。

在当时，如果不顾少数民族地区的特殊情况，同样管理，或干脆用强制方法改变现状，不仅难以奏效，而且会激起反抗和叛乱，出现不可遏制的矛盾对抗。

在少数民族地区，常见的地方管理机构是宣慰司、宣抚司、安抚司、长官司等。宣慰司长官称"宣慰使"，是一个地方区划的军政最高长官。元朝时在全国范围内普遍设立，如元世祖忽必烈时将每个行中书省划分为六十个宣慰司。到明清时

朱砂古镇地下矿洞

则只在少数民族聚居地区设立。

宣慰司等地方机构仅仅是为地方土豪设置的一种名号，实质内容体现在两句话上：一句是“虽受天朝爵号，实自王其地”；另一句是“以土官治土民”“听其自相雄长”。这些有名号的人，就是管辖一方的土官，他们可以世守爵职，世掌其民。西南一方的所谓土民，有苗族、彝族、布依族、侗族、仡佬族、土家族等，他们世代居住一处，不准随便流动、迁移。土官的权力之大，犹如土皇帝，在其管辖内，为所欲为。

土官，按等级分宣慰使、宣抚使、安抚使等武职，而文职的称土知府、土知县等。土官是相对于流官而言的，流官是中央在少数民族集居地区所置，并有一定任期的地方官。

被封为黔中刺史后

贵州一直以来有四大土司，这就是处于乌江以西的水西土司（黔西以北至黔中一带）、水东土司（贵州土司）、播州土司（遵义）、思州土司（乌江流域黔中地区）。西南民间还流传一种说法，叫“思播田杨，两广岑黄”。这说的是古代西南地区赫赫有名的四大土司。两广是岑姓和黄姓土司的势力范围，而贵州的思州和播州，又分别是田家和杨家的天下。

可见，无论是单从贵州地区来看，还是从西南地区分析，思州的田家都是数得上号的。而且田家不是贵州本地人，也不是少数民族，之所以成为割据一方的大土司，在于家族的创业者因军功而得到领地。

现在，我们无法再看到明确地属于田家土司的城堡遗址，但是，可以去看看位于遵义市老城北约三十里的海龙屯遗址，它雄踞龙岩山东麓、湘江上游，是一处大型军事建筑与宫殿建筑合二为一的中世纪城堡遗址。当然，仅靠土司杨家是不能单独完成的，而是有南宋官方的参与。2015年7月，在德国波恩举行的第三十九届世界遗产大会上，这个海龙屯遗址还被评为世界遗产。

播州杨家如此，而与其齐名的思州田家的屯也错不了，少不了集军事屯堡、衙署与行宫为一体的模式。

宋末元初，思州田家土司势力得到了前所未有的大发展，领地范围东至湘西地区，南达桂林北部地区，西接贵阳一带，北抵四川重庆边缘；土广民众，声势显赫。很明显，万山朱砂矿区被囊括其中。

根据《田氏宗谱》记载，从一世祖田宗显开创田氏基业开始，直至二十六世田琛为止，田氏掌管思州八百余年。

通常，记载以血缘关系为主体的家族世系繁衍和重要人物事迹，是立宗谱的主要目的，其中不乏抬高门第、拉扯郡望的，而田氏宗谱还是实在的，把进驻贵州立有军功的田宗显立为一世祖，既体面又合理。

隋文帝时期，西南境内屡次出现动乱，朝中将领田宗显奉命征讨。田宗显是长安人，因为家里世代从军，都是职业军人，使田宗显从小就接受军人素质的教育。因为他作战有勇有谋，又通晓黔、蜀风土人情，经人举荐，被隋文帝任命为黔州刺史。那年他才二十岁。

田宗显率兵长途奔赴西南境内平息叛乱，一举成功，受到朝廷封赐，获得“知黔州事，子孙承袭”的待遇。于是，田宗显镇守贵州铜仁，对辖地实行军民两管，民夷率服，兹土大治，开始了既治民理政，又开疆拓土的田氏家族事业的开创。

悬崖玻璃栈道

谁想，元朝年间，田氏族属内斗，有了思州和思南两部之分，各据其地。嫡房田茂烈之子田仁厚承袭思州宣慰职，二房田茂忠管思南等处军事，三房田茂安知镇远州军民事。以后，因田茂忠绝嗣，田茂安便接管了思南。

元末，反元统治的红巾军农民大起义四起之时，明玉珍成为红巾军一支的元帅，他身长八尺余，目重瞳子，甚是威武，颇有号召力。以后，他以恢复汉族王朝为号召，在四川称帝。

就是这位田茂安，一是惧怕红巾军，二是不愿受田仁厚的管辖，便投奔了明玉珍，这是1362年的事。由此，田茂安得到思南道宣慰使赐封，设思南道都元帅府，司治镇远。

田氏分离出的思南、思州两大土司并存，这一格局为以后埋下了历史的隐患。

争夺砂坑兄弟反目

到朱砂古镇，古黑洞子矿洞遗址是一定要看的。在万山近五百处矿洞中，黑洞子是年代久远、规模典型的矿洞。据传，从秦汉始，万山最先开采朱砂的地方就是黑洞子，而且是至今国内外规模最大、保存最完整的一个。1898年，黑洞子为英法水银公司霸占，这里成了贵州早期工人运动的发源地。2006年，古黑洞子矿洞遗址被列为国家重点文物保护单位。

其实，具体战争的文字记录，在地方历史文献中并不常见。如果偶尔在史书上留下痕迹，那肯定是对社会、对历史发展多少有影响的事件。

我想，这场砂坑之争就是这样的历史事件。

黑洞子位于离万山土坪西南不远的地方。山洞口朝东，洞门上方为开阔且直上直下的绝壁，壁高近七十米，宽也有近百米。过去采矿是利用岩石热胀冷缩的原理，即先用猛火烧烤石壁，然后用冷水冲激，导致石裂壁塌，露出矿石。所以，眼前的壁面上已经千疮百孔，残留的火爆窿子口像一只只瞪大的眼睛。

黑洞子前的空场，原与黑洞子前的石壁是一座连为一体的含丹石山。至明代，由于长期的开采形成了空场大坑，人们称此坑为老砂坑，上世纪六十年代前，一直沿用这个叫法。也有人说，这个巨大坑槽是自然形成的，称为万人坑，从古代一直到民国时期，因争斗死的，因塌方死的，因劳累死的，都被扔了进去。

在老砂坑的东南面是一条峡谷，谷深两百余米，谷底称大水溪，就这么个地方分别归属两个土司的领地。明朝初年，思州宣慰司占领着大水溪，而思南宣慰司掌管着峡谷顶。由于朱砂含量丰富的老砂坑在崖壁中部，思州和思南两司都想独霸开采。

因万山朱砂品质品位俱佳，一直是进献朝廷的贡品。朝廷对朱砂有需要，自然也对朱砂产地特别关注，对贡献朱砂者的重赏也是少不了的。谁是贡献朱砂传统的继承者，谁就掌握了接近中央王朝的机会。

为争夺老砂坑，这里时有激烈争吵，械斗动狠，甚至受伤流血。争斗两方的幕后指使人，一个是思州宣慰使田仁厚之子田琛，另一个是思南宣慰使田茂安之子宗鼎，都是高干子弟，谁也不服谁。

明朝建立政权以前，朱元璋的军队就开过来了，思南宣慰使田仁智、思州宣慰使田仁厚很识时务，纷纷前来归附。而朱元璋也很给面子，不触动其土司地位，仍授之以原官爵，维持他们的各自利益。朱元璋曾经对入朝觐见的思南宣慰使田仁智说："天下守土之臣，皆朝廷命吏，人民皆朝廷赤子，汝归善抚之，使各安其生，则汝可长享福贵。"

没想到自思州田氏分裂为思州、思南两部以后，两宣慰司的世仇导致田氏兄弟誓不两立。特别是思州宣慰使田仁厚之子田琛的厮杀血战，常常取得与其父有厚交的辰州知府黄禧的支持，两人合兵采取行动，思南每每吃亏受损。有一次，思南宣慰使田茂安之子宗鼎见自己势单力薄，寡不敌众，就携家眷逃到北京，一纸御状就告到了朝廷。与此同时，田琛攻入思南府地，肆无忌惮地杀戮，还顺势掘了人家的祖坟鞭尸。

明朝廷曾屡次敕书，出面进行调停，也曾命田、黄二人停止暴行，进京叙事原委。但是，二人猖狂不减，自恃天高皇帝远，又依仗土司特权，拒命不从。由此，造成当地民不聊生、生命财产两难保的局面。

思州和思南的砂坑之争，成为永乐朱棣灭掉思州土司的绝佳借口。据《贵州通志·前事志》记载："永乐初，思州宣慰使田仁厚子琛，思南宣慰使田茂安子宗鼎，以争砂坑地故，日寻兵……屡禁之，不能止。"又载："永乐十一年，思南、思州相仇杀，始命成以兵五万执之，潜入境执琛、宗鼎送京师。遂分其地为八府四州，设贵州布政使司。"

朝廷因屡禁不止而震怒，朱棣便派驻守镇远的顾成领兵五万，分别进入思南府地和思州府地，形成大兵压境之势。在闹事者仍不惧军事压力，也无视诏谕的情况下，顾成命令数名精兵，潜入宅府，一举拿下田琛等案犯，遂械押送往京师法办。

这下，其余参与争斗者被震慑住了。只是田琛的老婆冉氏还不甘心，暗中遣人招诱台罗等苗寨普亮为乱，想以此要挟朝廷放了田琛，实施招抚政策，以免其被砍头。这种要挟朝廷、罪上加罪的行为，不可能动摇朝廷弹压的势头。永乐皇帝再一次派遣顾成剿杀台罗诸寨的叛乱，最后将苗贼普亮斩首，由此思州才渐渐地平静下来。

正是祸起萧墙的悲剧，敲响了田氏土司完结的丧钟。

朝廷的态度是坚决的。鉴于田氏土司的种种不法行为，朱棣以“思州、思南苦田氏久矣，不可以遗孽复踵为乱”为由，撤去思州、思南两宣慰司，设立八府，隶属新建的贵州布政使司。贵州的改土归流由此而生。

老矿区

后有贵州的余音

一

我不是在做专门的历史考证，只是一边阅读了解史情，一边把想到的记述下来。

贵阳地区南面有状如矩形的河流，唐朝时期这个地区被称为矩州。矩，古音贵。这可能是贵州地名的最初起源。公元974年，土著首领率矩州归顺大宋，宋朝廷曾感叹："惟尔贵州，远在要荒。"公元1413年，明朝在贵州设置贵州布政司，贵州成为省级单位，治地在贵州城，也就是今天的贵阳地区。早在公元1569年，贵州正式更名为贵阳。据说，因其在北面贵山之南而得名。

但是，贵州作为一个行政省，还要讲"先有思州，后有贵州"这句话。为了更为完整地说明历史发展，特别是对细节的保存，我想还是加上一句与之并列的话，即"砂坑争斗起，贵州行省立”。

思州与思南的砂坑之争，使朝廷看到了改土归流，加强中央集权的必要性和紧迫性。于是，设置贵州承宣布政司。所以说，贵州建省的雏形是与朱砂开采有着直接的关系。史称的这句话中间还少了这个内容。

行省的建制始于元代，当时全国的最高行政机关是中书省（可视为今之国务院），因版图辽阔而于各地设立行中书省，代行中书省职权。于是，才有省一级行政建制，简称行省或省。元代除大都（今北京）附近由中书省直接管辖属“腹里”外，全国分为十一行省。应该说，这是我国行政省区的雏形。当时，西南所设置的四川、云南和湖广三行省，将今天贵州地域范围分别纳入其中。

元朝末年中原大战，朱元璋建立了大明帝国，而大西南只剩下云南的版图和贵州思州田氏土司没有统一。贵州处于蛮荒之地，实行具有高度自治色彩的土司制度。他们相互之间不仅不断发生争斗，还不断骚扰与其领地接壤的汉民。有的土司抗拒纳贡义务，根本没把中央政府管辖放在眼里，成为我行我素、割据一方的小国。

为了清除土司割据的积弊，明朝的统治者开始实行改土司制为流官制的改土归流政策，废除少数民族土司统治，改由朝廷委派的官员进行管理。

改土归流的实施在贵州地域是缓慢而艰难的。这里可以举一个很说明问题的例子。在离梵净山腹地的江口县县城不远，有一个双江镇镇江村，现在保留了省溪司土司衙门遗址，可以想见当年的土司衙门状况。省溪军民蛮夷长官司是至元十九年（1282年）正式建置的。从此到清光绪九年（1883年）铜仁县治移来，省溪司迁到大万山之前，这期间是土司衙门最红火的时候。

省溪司土司衙门所在城池，环境优美，粮食丰足，交通方便。到了明朝末年司城已具相当规模。据《铜仁府志》记载：南俯大江，北连梵净，东带小江（桃映河）西界提溪。岗连叠嶂，翠竹虬松。芙蓉开五脑之仙峰，水道通四方之舟楫。其司亦大可观也。

只是经过以后的长期战乱，城池几度被毁，如1675年吴三桂举兵反清路过铜仁，纵容兵燹司城。现在，司城墙基及城门和土司衙门遗址部分尚存，城内用鹅卵石铺的人字形路面依稀可见。在原土著庙旁的古楠木树还在挣扎活着，有零星青枝绿叶，倘结合沿袭至今的街名地名，可以了解城内的基本格局，遥想当年这里热闹的场景。

明朝初年，朱元璋对一些土司的叛乱还是有高度警惕的。为征讨盘踞云南的元朝小梁王，明朝大军自湖广经贵州镇远、偏桥、贵阳、普定（今安顺）、普安（今盘州）等地进入云南，另有偏师自四川堵住云南出口，逼小梁王决战，终于在一个多月后平定云南。

当时，朱元璋有所忧虑的是，如果不能稳定贵州地区，“虽有云南，亦难守也”。所以，朱元璋将攻打云南凯旋的军队三十余万人，分散安置在贵州一带驻守，沿驿道线上设置卫所，派重兵把守，并建立贵州都指挥司，作为云贵地区的军事中枢。同时，又将军人家属自中原迁入贵州，划归卫所管理。

这就在贵州形成了一个特殊现象：先有省级军事机构，后有省级行政机制。更重要的是，在贵州开设卫所，屯兵屯田，就像钉子一样揳入贵州，逐渐动摇土司制度的社会根基，成为中央集权政治向贵州进一步渗透的重大步骤。

实际上，这不仅仅是在政治方面的措施，也是在经济上的成熟考虑。据《明史》记载：明太祖朱元璋时“惟贵州大万山司有水银朱砂场局”。当时，由场局招收手工业者和农民五百余人，开始对朱砂，水银实行了系统开采和冶炼。水银、朱砂场局的设立，是那个地区第一个官办场局。它所带来矿砂的采、选、冶技术影响了民间开采状况，同时，促进了民间开采的大肆兴起，大量从巴渝湘滇来的淘宝者和打工者涌入万山。

无论是以军事为先导的管理地方事务的策略，还是在经济上的作为，都为后来明成祖朱棣建立贵州布政使司提供了经验和基础，成为贵州“比同中州”，改土归流的历史开端。

实际上，中央王朝时刻都在等待时机，一旦条件成熟，就将“改土归流”政策落到实处。朱棣永乐年间，思州、思南两宣慰司的矛盾不断升级。为此，户部尚书夏元吉提出“分思州、思南地，更置州县”的建议。

夏元吉是历史上著名的理财能手，有历史学家将他与西汉经济学家桑弘羊相比，认为历朝论理财能者，唯此二人也。永乐帝朱棣是一个好搞大动作的帝王，造宝船下西洋，编修《永乐大典》，南征北战，财政花费都是天文数字，而作为理财大管家的夏元吉都能运作有余，从容应对。

朱棣采纳了他的建议。1413年，朝廷将原来的两个宣慰司共计三十三个长官司的辖地划分为思州、新化、黎平、石阡、铜仁等八府四州，并设立贵州承宣布政使司，又以长官司七十五隶属贵州布政使司。这是贵州建省的重要一步。四年以后，为健全三司体制，又建立贵州按察提刑使司，至此有了完备的贵州省制。

二

在元代的基础上，明代增设两省，并将中书省改为承宣布政使司，于北京和南京之外，建立了浙江、江西、福建、广东、广西、湖广、云南、贵州等十三布政使司。明朝实行地方分权，在一个省区之内，设布政使司管理政务，设都指挥使司掌管军事，提刑按察司负责监察刑审，分别直属中央。所以说，所谓十三布政使司，就是十三省。

明朝把贵州列为十三布政使司之一，它的意义可就大了。贵州省处在四川、湖广、广西、云南四省区之间，西出东进、南来北往必经贵州，成为西南交通、军事的冲要之地，正所谓“西南之奥区”也。中央对这里加强了控制，不仅巩固了当时非常重要的云南边防，同时对不同方向都有了纵深之地和推送力量之保证。

有人认为，如果没有田氏土司争端的发生，贵州建省不知要推迟多少年。我倒不这样想。土司制度是在一定历史条件下适合于少数民族地区管理的一种方式，对社会经济发展，以及民族之间往来，维护地区稳定，起到了一定作用。尤其是在土司制度中有武职的隶属于中央兵部，文职隶属于吏部，提供进贡物品的归于户部管理。这种羁縻政策，对于维系疆土、促进向心力是功不可没的。但是，土司制度毕竟是一种落后的政治社会结构，使土民世代被困在领主土地上，极大束缚了生产力；大小土司画地为牢、互不相属、自雄一隅，严重阻碍了地域交流，使经济社会发展缓慢，甚至长期停滞。所以说，改土归流制度的推行，使中央政府对于边疆的管理更加行之有效，单一制国家体制得到进一步强化。这是历史发展的必然，只是这个必然让二田争砂事件的偶然引发出来，显出了势不可挡的冲击力量。

我没有想到，在朱砂古镇的采访，居然牵出了这样许多历史云烟，倍感朱砂文化的博大精深。二田争砂的历史，让我总在惦记那两个人物。一个是夏元吉，掌管明王朝财政二十七年，为官清廉贤明，朝廷倚为砥柱。后来，他因为深恐国家财政的消耗，进谏阻止朱棣的第三次北征，却被解除职务，送内宫监长期关押。幸好深知其才的太子出面力保，他的性命才没有丢掉。

还有那位明朝的镇远侯顾成的事迹。他经营贵州几十年，屡次平定播州等地，恩威并施，土人多有信服，甚至为其立生祠祭祀。特别是他奉命征讨田琛、田宗鼎以后，结束了田氏八百多年的土司统治，为中央集权的历史发展作出了应予铭记之贡献。

这两个历史人物，《明史》都有记载，如果把这两个人物用艺术形式表现出来，我想肯定是大有看头的。作家阿来曾说，文坛有一个现象，就是往往热衷于一个话题，却很少真正深入这个话题。他的《尘埃落定》就是一个话题深入的结果，这是题外话。

1956年的矿上演出

——第二编

绿水青山的心源映射——

第一章 群山深处钟毓成章

贵州省最东端的武陵山脉，把湘黔两省紧紧地拉在了一起。在它们的接合处，今天看来是两个省的经济活动，在古代几乎就是发生在一个区域的事情。地域的合并或析出，导致地名的改变，同地异名、同名异地，不管怎样，朱砂矿产的开采和集散，都在这块土地上留下凿痕和辙印。

铜仁的地域文化头枕着武陵山脉、身傍着木杉河水生成，而朱砂古镇则是铜仁市不可或缺的文化基因。这个神奇的地方，古今交错，新旧杂糅，往与来的过程呈示了多少变迁悲欢。

秦始皇统一六国建立秦朝，确立了中国在长城以南农耕地区的大致轮廓。更重要的是，他把中国的故事在地域、时间和民族上，都牵扯在一起，并让故事有了始终和情节，各色人物粉墨登场。

朱砂古镇在中国古镇系列中，一经问世，红遍大江南北，成为贵州省旅游的一张崭新名片。而我要说的是，正是这里的文化基因，才是关涉历史连续性和民族性格生成的密钥。

有德国哲学家说：对于处在历史中的人来说，保持住经常失落东西的回忆并不是旁观的认识者客体化行为，而是传承物的生命过程本身。

虽然这段话翻译得有些生涩，但意思是明了的。

那就是驻足遗址回望历史，是能相见或不能相见的人们要去做的正确事情，因为它内含着生命延续的能量和力量，甚至是一个民族之所以深沉、智慧、耐久的底色。每一个有质感的历史瞬间，都会使人惊鸿一瞥。

铜人物语

铜仁市在整个贵州的版图上占有重要位置，世界闻名的汞都即在其所辖的万山区，说起它的名称来历，也有着非常传奇的色彩。

在铜仁市锦江广场第六十四级高台上，矗立着令人肃然起敬的三尊铜像。他们分别是孔子、释迦牟尼佛和老子。孔子气象敦和，凝目沉思，以满腹经纶的自信审视着上下五千年的伦常；释迦牟尼庄严慈善，宁静祥和，正说法于尚未开悟的芸芸众生；老子空灵飘逸，深沉睿智，以无为而有为的目光阅览世事人生。三尊铜像被供奉一室，沐浴在二十一世纪的气息中，并非现代城市的名片创意，而是铜仁市富有底蕴的文化传承。

自元代开始，中国传统文化的三教宗源就在这里汇合，儒释道三家的鼻祖塑像在铜仁的青山绿水间相伴而立了七百多年，被称为铜范三教像。而据说铜仁的由来，就是因为这三尊“铜人”。这一奇特而意蕴无穷的文化现象，在铜仁从蛮荒到现代的历史长河中，演绎了许多扑朔迷离的故事，透露了铜仁地域的钟灵毓秀之气，以及铜仁人透悟传统文化的智慧。

三尊“铜人”的来历，有两种说法：

一说是捞自江中。元朝时有渔人潜入大江小江合流处的铜岩底，见“岩足如鼎，中有铜范三教像”，遂“挽之而出”，并有墨客为之咏叹“郡控乌罗障玉屏，铜人出水铸三星”。

一说是自上游冲激而来。据明万历年间的《铜仁府志》记载：“元时，思南府德江上游五十里，播州（今遵义）、石阡二水合流处，名铜佛嘴，相传寺中有铜佛七尊，各重千斤……三尊忽流至铜仁……因以名司，至今名府。”

细细想来，这两种说法并没有说清端委。“铜人”究竟是何人何时何处所造？铜仁江水发源于梵净山的南麓或东麓，何以在两地合流？等等，还可以提出很多问题。反正已成千古之谜了。不过，我倒觉得如此更好，每个人心目中都有个疑问，又都有自己的猜想。

据史载，约在元世祖至元二十年（1283年），始置“铜人大小江等处蛮夷军民长官司”，三教像也被置于谓之“中流砥柱”的铜岩之上，并留下了不少文人骚客的诗词：“天造中流一柱观，地标何代三铜人”“巍然一石砥中流，谁立铜人最上头”等。“铜人”这个名字用了八十九年，到了明洪武五年（1372年），“改铜人大小江等处蛮夷军民长官司为铜仁长官司，铜仁自此定名，并沿用至今”。

在铜仁锦江广场，我看到的这三尊闻名中外的三教像，显然是后人重新所立。突然，一个广为传说的历史之谜跳入脑海中，使我对“铜人”的来历有了一个推想。

相传秦始皇统一六国后，下令搜集天下兵器铸成十二个重千石的“铜人”立于阿房宫外，后来秦朝灭亡以后，这十二个铜人就不见了，成了历史之谜。后世对于“铜人”的去向有多种说法，有的说是项羽攻克咸阳后，焚烧阿房宫，十二铜人一同被大火烧毁了；有的说是被后世的朝廷拿来铸钱了，还有的说是随同秦始皇一起埋入了地下。关于秦始皇毁天下兵器铸铜人的事情，史书上多有记载，就连《史记》上也是言之凿凿。

然而关于“铜人”的去向，三种说法均是迷雾重重，存在着许多不合理的地方。这和铜仁出现的“铜人”正好相反，秦朝的“铜人”有来处而无去处，铜仁的“铜人”却是有出处无来处。这二者之间会不会有某种巧合呢？可以大胆设想，铜仁江底打捞出来的“铜人”就是来自秦朝铸造的十二个铜人。秦始皇毁天下兵器以铸铜人，除了宣扬武功，还有“止戈”为“武”之意，想借此传递出天下停止战争的意思。而铜仁则把“铜人”演绎成儒释道三教像，强调了“仁”的思想。这二者之间传导出来的含义，也有相通之处。

假如这个想法有可能的话，那么这三尊铜人为什么会流落到铜仁的江底呢？当年贵州属蛮夷之地，山高水深、地域偏远、交通不便，正所谓天高皇帝远，便于藏匿。更重要的是，铜仁万山早已被周武王御封为大万寿山，这里产出的朱砂可是天下闻名的。如果有人想把秦始皇的铜人据为己有，偷运到铜仁这个地方，也丝毫不会让人感到奇怪。因为这里既偏远，同时也很繁华，是隐藏的理想之地。而且，当时大量的朱砂被开采出来后，大部分通过水路运往外地。铜仁这个地方的运输技术应当不低，甚至在当时很发达。这就使得想要把秦始皇的铜人偷运到铜仁，具备了条件。

时间像一把刻刀，把历史的一切记录下来；时间又像一块磨石，把一切变得模糊不清。无论铜仁的铜人来自何方，但铜仁人赋予了铜人丰富的文化，它与朱砂文化是紧紧相连的，并在许多故事中有这样的互见和那样的暗合。

明代将“铜人”改为“铜仁”，是自“人者，仁也，渐人之化”一语。我想，明代程朱理学盛行，“仁”是儒学的核心思想之一，这个改法是符合当时的政治文化潮流的。

电机车拉矿

淘沙溪泛舟的濮人

在朱砂古镇，人们讲到开采朱砂，总是要从濮人淘砂开始的。在夏朝（前2070—前1600年），万山属荆州之域。相传有濮人冉氏兄弟生活在黄道淘沙溪一带，他们在打鱼捞虾的生产活动中发现了丹砂，偶然用作染红原料非常漂亮，而且不褪色；如果研磨泡水服饮，还能定惊安神，以为神物，很快传遍万国九州。还有一种传说，远古时，一个叫巫信的青年在打猎时，掉进一个红水坑。他爬起来后，满脸都是红的，野兽见之无不躲避。从此，猎人就故意用朱砂抹脸防身。在生产力低下，无科学可言的远古，朱砂在具体的生活中发挥了如此大的功效，人们将其奉为神物，争相以求是可以理解的。

传说不是神话，常以历史事件和现实事件为基础，更富有社会性，内含特定意义。这里有三个关键点：濮人、荆州之地、黄道淘沙溪，这牵扯到地理方位和部落群族问题。

濮人，就是指先秦时期分布在长江中游巴楚地区及其西南的族群，而且仅仅是个泛称，因为当时这里部落分散，支系众多，所以历史上也有百濮之称。当然，也有学者认为，先秦时期百濮概念比较复杂，包括两个不同系统的部落群体，分布在楚国西南部的，以及部分在滇国南部和西南部边境的，应属于百越系统的百濮，其他的则属于另一个系统的部落群体。

我想，既然百濮离居，在西周时代，濮就不是一个邦国，没有形成统一政权，而是处在各自离居状态。他们是广泛分布在南方地区的百濮。

濮人与越人聚居地区产珠玑、玳瑁和丹砂等。濮人曾以丹砂等物向中原王朝进贡。如公元前十六世纪，濮人向商汤王朝献过珠玑等在当时就被认为很贵重的礼物。公元前十一世纪，为了生存和摆脱勒索，他们也参加了周武王灭商的牧野之战，是牧誓八国之一。只是《尚书·牧誓》记载这段历史时采用濮人的称谓。

春秋初，楚国渐渐强大起来，开始向濮人生活的居住地扩张，尤其是楚庄王“并国二十六，开地三千里”。这些被打败的濮人大部分就归顺了楚国，并与他们往来融合。三国时期，濮人居住在蜀国的南中诸郡，也有一部分迁到云南郡等地区。唐朝以后，历史文献就很少关于濮人的记载了。

再说说荆州。夏禹定九州，根据《尚书·禹贡》记载，九州分别是冀州、兖州、青州、徐州、扬州、荆州、豫州、梁州和雍州。从此，九州就成为夏、商、周时期的地域区划。可见，荆州是古代九州之一。

先秦的荆州范围，大抵等同于楚国的版图。也就是说，它东与扬州分界，南越衡山至五岭为止，北至荆山。讲到万山朱砂采矿历史经常提到的几个地方，如辰州府、梧州府、镇远府、思南府等地，在明代都属于荆州范围。

这里需要讲到一部书，叫《读史方舆纪要》，有一百三十卷，约有二百八十万字。作者是清朝初年的顾祖禹。明亡以后，他不出来做官，把自己隐藏起来，用力三十年，在康熙三十一年（1692年）完成了这部书的写作。

这是一部非常重要的专著，因为他在着重考证历史地理郡县变迁的同时，还详列出地域山川险要战守利害的兵要地志。所以，史学家评价此书是“千古绝作”“古今之龟鉴、治平之药石”。

因为万山开采朱砂的历史很早，会碰到一些地理知识，我就尝试着打开这部书，在卷122处有关于贵州县府的记载，这对缕析相关地理名称是有必要的。

比如，说“《禹贡》荆州。秦为黔中郡地……唐为思州地。宋因之。元属思州军民安抚司”。

再如，说“黄道溪司西南八十里。《志》云：司北五里有淘沙溪，西北三十里有瑰楼溪，五十里有白崖溪，为思州、铜仁分界处。溪左山上常有戍兵屯守。又田塍岩溪在司西五十里，有渡。诸溪下流皆附平溪大河入于沅江”。

按前面引文所说，濮人冉氏兄弟生活在黄道淘沙溪一带并发现了丹砂，就应该在“思州、铜仁分界处”，而且明代这里常有军队把守。思州的称谓，是从唐代贞观四年（630年）开始叫的。以后经过两次废置和恢复。唐永隆（680—681年）期间，思州开始作为土豪田氏的领地。

明朝设置的思南宣慰司由思州军民宣抚司析出，治镇远州；镇远的地理位置之扼要，有“云、贵之门户”的说法。可见，思南宣慰司受到朝廷重视，仅仅设置一年，就将其升为思南道宣慰使司。但是，到明永乐十一年（公元1413年），思南道宣慰使司被废除了，这与三年前田氏家族因争夺朱砂开采权而酿造出大肆仇杀有直接关系。这段历史，我在后面专门章节中谈及，因为它是一件有很大历史影响的事件。

仙人洞采矿区遗址

过去这里叫土坪

在朱砂古镇中心广场，立着一块巨大的人字形雕塑，这就是朱砂古镇的另一个主题雕塑。它体现了以人为本的理念，以及团结奋斗的精神，而浮雕中刻画的两名矿工，似乎是对人字结构寓意的进一步延伸。我想，如果说对矿工的具体刻画，是展现了时代进步和社会发展中现代矿山人的创业奉献风貌，那么人字结构的突出展示，则是一种智慧与力量的形象化结合，人类每前进一步都赋予深刻而厚重的哲学意味。

尤其让人瞩目的是雕塑顶部的一颗鲜艳的巨大朱砂晶体。据有关资料介绍，1980年6月，贵州汞矿岩屋坪矿区采得一枚特大晶体朱砂石，重二百三十七克，合一千一百八十五克拉，其质地纯正无瑕，颜色鲜红明亮，菱面体形如鱼鳍，晶体完整良好，光度透彻。它与一块白色云石晶簇镶嵌在一起，红白相映，五彩缤纷，瑰丽奇特，令人神迷，被誉为世界罕见的朱砂王。这枚朱砂王是上了邮票的。1982年，中国邮电部发行的T·13矿物晶体纪念邮票，它的彩照赫然其上。当然，眼前雕塑顶部的这个朱砂晶体仅是模型，真的朱砂王现藏于北京中国地质博物馆。我久久地停在这座雕塑前。在收藏界，朱砂又有软红宝石之美名。随着矿区的关闭，作为矿物质晶体而享誉全球的万山朱砂已成为有识人士渴望收藏馈赠的稀世珍品。

在朱砂古镇，即便是一个人走在景区的道路上，你也不会感到孤单。既有古今中外的人物，也有生活场景和各种主题性雕塑，栩栩如生。雕塑的材质有汉白玉的，有铜的，还有复合材料的。这些雕塑既反映了朱砂古镇的历史，而且增加了不少生活情趣，丰富了朱砂古镇的文化内涵。

除了高大而充满阳刚的主题雕塑外，一些充满人文情怀的雕塑又给人以不同的感受。在一片绿色的草坪中，有两组迥然不同的雕塑，一组是一个巨大的扳手，一组是一群悠闲吃草的小羊，工业文明和农业文明在这里汇合。远望过去，红色的扳手给人以力量的感觉，而白色的羊群却让人欣赏到一种田园风光，红白绿三色在蓝天下是那样的赏心悦目。在草坪的边上，还有一处水车的造型，转动水车，水流潺潺，平添了几分江南水乡的韵味，更是一个静动融合的场景。

不过，这里要说一句，小羊吃草的雕塑另有一个关于朱砂显世的故事。这个富有哲理的故事流传于万山一带，它告诉人们，万山的朱砂矿石发现它是容易的，而要得到它，就要锲而不舍，付出艰辛甚至危险的劳作。哦，我先按下这个故事不说，可以往后再看。

中心广场过去叫土坪。这可是一个古地名，据说，最早是与南北朝时期的陶弘景有关。因为这里有炼丹所需的上等丹砂，且地势平缓厚实，又有一眼泉水，滋滋流淌，真是绝好的炼丹之地，是为藏风纳气之坪。于是，陶弘景携弟子多次往返大万山，并在此井旁“别立精室”，炼制金丹。这里，矗立着陶弘景的雕像，他平视远方，一副仙风道骨的模样。紧挨雕像的就是那口古井，至今仍然清泉叮咚。更可观处，古井东侧的山峰酷似一匹骏马，悬崖之畔，回首而望。据说，原先马背处是一块含量丰富的汞矿田，丹石暴露于外，俯身可拾。

我走近那座山，置身于崇山峻岭之中，森林峡谷，云雾缭绕，苍鹰飞翔，流泉野花。“极天云一线异色，须臾成五彩。日上，正赤如丹，下有红光，动摇承之。或曰，此东海也。回视日观以西峰，或得日，或否，绛皓驳色，而皆若偻。”这是清代文章大师姚鼐登泰山时所见到的。那意思是说，天边的云彩呈现出一条奇异的颜色，一会儿又变成五颜六色的。太阳升上来了，红得像朱砂一样，下面有红光晃动摇荡着托着它。有人说，这是东海。回过头来往西看，那边的山峰，有的被日光照到，有的没照到，或红或白，颜色错杂，都像鞠躬致敬的样子。

大万山回首处

朱砂古镇位于黔东高山之巅，故有黔东“青藏高原”上的怀旧小镇、云端小镇的称誉。

朱砂古镇有着令人心动的自然之美。和其他的古镇不同，朱砂古镇坐落在海拔近千米的山顶之上，充分展现了贵州多山多水的风貌。抬头望天，云雾缭绕，变幻多姿。远望对面，山峰环侍，青翠夺目。低头看眼前，山上的大路小径，藏伏于绿树繁花之中，仿佛一脚踏进仙山，顿生今夕何夕，此地何地之感。

万山，又称大万山，在贵州的最东端，毗邻湖南，很明显地势分东低西高两个部分：东部景色优美，沟壑纵横，而西部则是连绵丘陵，开阔平缓。它以喀斯特岩溶地貌为主，山、水、林、洞奇特交错。

有史料记载的万山朱砂与帝王的关系最早出现于周代。

据说，公元前周武王灭商纣以后，大会天下诸侯，百姓欢呼，天下归心。这时，从西北方来了一个姓梵的女子，她告诉当地百姓，在附近的大山中有一种丹砂，能让人延年益寿。为了表达对周武王的敬仰和爱戴之情，在她的带领下，百姓登山破壁，用她带来的青铜制造的开山工具，探入大山内部，沿着丹脉敲凿取丹，终于获得丹砂。之后，他们又千里迢迢地将丹砂献给周武王。这就是《逸周书·王会篇》载的："濮人以丹砂。"

由于武王为政事操劳过度，经常头昏脑涨、心悸不宁，这让大臣们急得团团转，可一点办法也没有。就在这个时候，武王服用了丹砂。奇迹出现了，不仅治好了周武王的病患，还让他神清气爽，颜面红润，精力倍增，智慧超群。

于是，周武王敕封产丹砂的大山为大万寿山。

1973 年，长沙马王堆汉墓出土的帛书中有《五十二药方》，专家分析它抄写年代应该在秦汉之际。这是一部中国最古的药方专辑，其中有四个药方使用了朱砂。

秦时大万寿山属黔中郡，汉时属武陵郡，魏晋南北朝时初属武陵郡，后属东牂牁郡，隋时属辰州，唐时属锦州，宋时属沅州。

特别是自朱砂开采几成规模以后，万山地区的隶属关系历史上多有更迭：至元十四年（1277 年），境内设置有大万山苏葛办等处军民长官司、施溪漾头长官司、黄道溪野鸡坪等处蛮夷长官司，同属于湖广行省思州（今岑巩）宣慰司；明永乐十一年（1413 年），境内大万山长官司划属铜仁府管辖，黄道司、施溪司则划属思州府，均隶属贵州布政使司。清光绪六年

（1880年），铜仁县移治（今江口县），而将省溪司吏目改驻大万山，从此大万山又名省溪，治万山城内（今解放街）。民国二年（1913年）8月，设立省溪县，直至民国三十年（1941年）才撤销省溪县制，其辖地并入铜仁县和玉屏县。

大万寿山，在元、明、清代以后被简称为大万山或万山。不知什么时候，那个“寿”字被省略了，可能是乐山者寿，乐水者仁是一个不言自明的道理吧？山，永远跟寿连在一起，只要心恋着山、系着山，那份与山俱在的情感就会附着在山魂上，成为山的一个部分而永存。

明朝似乎是一个转折点，历史文献对万山朱砂开采也多有记载。如明洪武七年（1374年），置大万山长官司，隶铜仁府，建万山朱砂场局，万山开始有规模地开采丹砂。明代科学家宋应星考察过万山矿区，他在《天工开物》中留下了“此种砂贵州铜仁万山等地最繁”的考察记录。明代万历《铜仁府志》风俗篇载：“万山专拣砂汞、居人藉为生业。”所在居民已经以开采汞矿为生计了。

民间道士唱道：“梵天飞来一仙女，教民破石取丹朱。丹粉沁入武王胃，神清气爽有良谋。兴周灭纣顺人心，万民欢腾乐悠悠。梵女成仙化作石，玉立洞前几千秋。”我静静体会着，那幽默的语调，那深深的情愫。

人们并没有忘记带领百姓凿山取砂的梵女。传说她是得道的仙女，她飘飘然升天的容姿，始终让人称道。至今，在她生前开凿的洞前，矗立着一尊独峰，其貌若丰姿绰约的女子。这就是她的化身，人称梵女石，还有人说是仙女石。她一定要跟这里的百姓站在一起，看着他们能过上幸福生活。据说，她临别的时候，还告诉百姓怎样到巴方去，用丹砂换回食盐。现在万山人称食盐为盐巴，实际上就是古称“巴盐”的另一种说法。

如果你到今天的朱砂古镇，一定会到那里的仙人洞的，在梵女生前开凿的洞前，梵女石会让你浮想联翩，并深深被她的善良美丽而感动。万山民间世世代代都有一个习俗，求婚、求子、求福、求平安，就会到这里来，据说有求必应，想必是心理感应。

看到仙女石，不知怎么，又让我想到梵净山具有代表性的山石景观——蘑菇石了。一块正方形巨石错位覆盖在另一块竖立着的长方形巨石上，远看像挺挺的蘑菇，有十多米高。据说，它巍然屹立有亿万年了，被称为梵净山的精魂。在我看来，它更像一个巨人；久久地远望，矢志不移，万山中有它千古的思念吗？

我才要离开仙女石这个景点，又听到有游客讲述了另一个故事。

据传，仙女石是巴蜀一名叫“清”的窈窕淑女的化身。她的丈夫是秦朝将军，被派到万山镇守朱砂矿洞。在仙人洞的侧面，有两米长、一米多宽的天然巨石，其形似床，故有仙人床之谓。这是早先夫妻休憩细语的地方。后来，她的丈夫在与前来抢夺朱砂的南蛮人的战斗中牺牲，被割去头颅挂在山岩上。

至今，从仙人床处遥望，可见一巨大的将军石，但其身与头分在不远的两处，头挂在上方悬崖处，酷似兵马俑头状。仙女“清”得知丈夫死讯，痛不欲生，最终化作岩石，矗立在将军石附近，永远陪伴守望着他。人言，游客如果坐一坐仙人床，则可收获爱情，消灾免祸，健康长寿。

万山，大万寿山，有着许多美丽、悲怆而动人的故事，多少年来的一言一语的口口相传，百姓情感的延续绵长，那才是何寿不有呢？

仙女石雪景

山鸣谷应岩鹰窝

古矿洞遗址和悬崖峭壁相得益彰，构成震撼的看点，最是朱砂古镇的精髓。今天，当矿洞已成为旅游景区时，悬崖上修筑了纵横绵延的栈道。栈道距深壑平均高度一百米，东端止于悬崖游泳池，西端连接景区大门。走在栈道上心惊肉跳，远眺群山逶迤，仰视云卷云舒，俯瞰悬崖陡峭；栈道沿途与那些著名的矿洞相连，行人可以自如地行走其间，领略看得见摸得着的人文历史。

那一次，我们一行人正走在矿洞中，转过一个山坳，前边的人突然自动排成一个纵队；倏忽间，竟然都呈歪扭蹲站你牵我扯状，还不时有惊呼和尖叫声钻进耳鼓。我越过攒动的肩头向前探望，只见刀削般的万丈悬崖赫然矗立。悬吊在悬崖上的栈道弯弯曲曲，失声和变形正是走上去的人的反应。

这个矿洞就是大名鼎鼎的岩鹰窝，最老的朱砂开采矿坑。

我恐高，便避开走栈道，和另外两个同行的人拐进更让人有安全感的矿洞穿行。进入矿洞，叹为观止，只见隧洞蜿蜒，别有洞天，最宽处卡车都可以对开，高高低低的矿壁上霓虹闪烁，五颜六色，色彩华美，让人应接不暇。岩壁上留有清晰的锤打钎凿的道道印痕，偶尔可见的大大小小的残矿堆。虽然不时有一大滴水珠砸在身体上，提醒你这是在千古潮湿的矿洞里，依然置人恍惚于古代和现代的玄幻中。

殊途同归，从另一端的洞口走出去，我们与走栈道的大部队会合了，俯仰间，镶嵌在悬崖上的岩鹰窝三个大字映入眼帘。扶栏远眺，对面两座小山峰上各有一亭：仙人坡上一亭，威灵寺侧一亭。往对面俯视，可见另一著名矿洞黑洞子一角。看见走栈道的人们情绪飞扬，神情上交错显现着喜忧思恐惊。

这岩鹰窝矿洞可是大有说道的。这一带的老人们都这样说："岩鹰窝旁，必有宝藏。"万山发现汞矿，起始地就在岩鹰窝。

老矿人杨在树讲了一个传说，耐人寻味。

七仙女和董永在人间定情后，被强行召回天宫，她常常因思念董永，凭栏流泪。

神鹰为七仙女的那份执着所感动，就驮着七仙女，来到人间寻找董永。但是，当初为她和董永做媒的土地公公说，董永已赴黄泉多年了。天上一日，人间一年。七仙女悲痛欲绝，土地公公就劝她说："欲让董永复活，去万山丛中炼长生不老丹。"

万山崇山峻岭，峰峦叠嶂。七仙女骑着神鹰，四处收集五彩奇石。神鹰用硬喙利爪在崖壁上敲出深洞，把五彩奇石堆在里面，以备炼丹之用，然后再飞入深山衔来耐烧的干柴，放在炼炉边。一个不大的炉子搭架在仙人洞的半山腰，因为这样一则有利于通风，二则避免烧着丛林。

七仙女挖掘草药，用泉水洗净，晒干，放进药臼里捣碎，然后把五彩奇石和洗净捣碎的草药一起放进炼丹灶里，煮药炼丹。不知熬过了多少日夜，仙丹炼成了，是红得发光的颗粒。

仙丹香气四散，弥漫在山间。七仙女采集了一些鲜花和枝叶，又从头上取下一绺柔软的长发，细心地编织成一个花篮，轻轻地把仙丹放在里面。她看着花篮，内心升起丝丝的温情，想象着董郎复活睁眼的神情。她激动得流下泪来。忽然，她想起了什么，从长裙上扯下一块纱来，把它盖在仙丹上。

在不远的丛林里，有一只恶凤凰，平日里带着贪婪的目光四处搜寻。最近，它听一只狐狸说过，附近有一种果实，吃了就会变为神；鸟吃了变神鸟，狐吃了变神狐。

恶凤凰也想有个变化，希望自己能够长生。这天，它闻到了阵阵幽香，又见东南方向红光满天。果实是不是在那里？它心里一震，冲着那边就飞过去了。

恰巧，神鹰去唤土地公公，没有守在旁边。七仙女因为炼仙丹太累了，靠在一块岩石上渐渐睡着了。恶凤凰怕自己的法力敌不过仙女就扮作一个老奶奶，带着一篮子干馍。她叫醒七仙女，轻轻地说，山里冷，别靠岩石边，会把你身上的暖气吸走的。

七仙女揉了揉眼睛，问：“老奶奶，你一人来到山里做什么?”老奶奶说:“看看老头子，他的坟堆在前面。”说着递过来一个馍，说:“孩子，吃吧，看你累的样子，一定也饿了。”

七仙女见老奶奶一脸慈祥，又是一片好心，就接过馍吃起来。才吃了半个，就感到一阵眩晕，说不出话。原来，干馍是掺了毒的。

恶凤凰刚要伸手夺花篮，只听空中一声唳叫，神鹰回来了，土地公公也紧随其后。于是，神鹰和恶凤凰打作一团，翅膀扇起狂风，花篮也被掀翻了，仙丹撒在地上。

恶凤凰越打越凶，那锋利的爪子突然变成大砍刀，一下劈过来，神鹰起身一跳让过刀锋；那刀碰在岩壁上，顿时一个万丈深渊出现在眼前。这时，神鹰从嘴里吐出一根火舌，恶凤凰躲闪不及，随着一声惨叫，一团火球飞向空中，接着洒下一阵黑雨。

地上的仙丹不见了。土地公公说，他也没有办法，仙丹一落地就融化了。后来，人们才知道，仙丹渗入地下后染红了岩石和深土，慢慢地成为朱砂矿。朱砂可以融化，又可以结晶的特性，起源的解释也就出自这里。

七仙女后来怎样了呢?老矿人遗憾地说，她恨自己不辨真伪，不能再见心爱的董郎复活，便化成一座岩石。那就是朱砂镇著名的仙女石，她怀抱花篮，亭亭玉立，引发多少惆怅和惊叹。

神鹰依然守护在七仙女身边。不信，你看那岩鹰窝的岩壁上凸起的锐锋，也许正是它探出的警惕的长喙。

矿砂坑道的长思

奇峰秀色、浓荫蔽日、松林涛声的万山，每一座山峰，都是宝藏堆积无法掩饰而拱出地面的标记，因之在历朝历代，万山都是一个特别的存在。

万山地底下长达九百七十多公里的坑道，被誉为地下长城。有历史上各个时期的矿洞，形成了上千个洞口，还有大小不等坑柱七百多根，地下作业区被分成无数个部分，形成洞中有洞的奇观。有的采矿坑道多达五层，垂直高度达数百米，洞内有古代采矿留下的石梯、隧道、刻槽、标记等遗迹，还有的采矿洞高达三十多米，可容纳上万人。

走进矿洞，又仿佛一下踏进了远古的世界，满眼是刀耕火种的痕迹，两三千年的洞壁上遍布着凿印，用手轻轻触摸，一股沁凉仿若蹿出的强电流，直击通身脉络。让你再次受惊的是，这矿洞规模之大，或宽广或绵长，整个万山挖掘出的采矿坑道有九百七十多公里。矿产朱砂得有多大的价值和魅力，才能让人类会有这样的耐性，两千多年如一日，手工钻破这无际的石头山。

一

我走过的坑道里，矿洞内人物雕塑与灯光映衬，看得出古镇设计者试图还原昔日采矿、选矿和冶炼的场景，将中国早期工业文化鲜活地再现出来。可不知何故，此时我心里终究有一种空寂。看着矿洞里满地的砂石，听着洞顶不急不慢滴落的水滴，眼前依稀闪现很多沧桑的面孔和劳苦的身影。这里不知发生过多少采掘者的故事，遗留下各朝各代纷繁的情节。明代铜仁参议刘望之有《禁买砂》云："赤箭砂坑即祸坑，十家逃窜九家贫。诛求勉应人情好，回首扪心那重轻。"他写出了万山历史上砂坑带给老百姓的灾难。朱砂可以带来的经济利益，以及美的幻想和长寿的愿望，都让拓荒者和冒险者对这里有太重而持久的投入，甚至铤而走险，牺牲性命。

我看到坑道顶部有大片熏黑的遗痕，那是当年以火攻石留下的真实记录，我甚至依稀嗅到飘散在空气中的烟气，看到隐约发光、嵌在矿床上的砂石。以火攻取的采矿方法，是唐宋时期被普遍采用的。这里有个术语，叫爆火窿。窿子，就是矿砂坑道，即将干柴堆集于露头矿苗处，点火燃烧几天几夜，待矿砂岩壁烧热甚至烤红以后，再用冷水猛激，达到裂石取砂的目的。

当地流传说，在商代，南方濮人发现岩石上含有丹砂，只是无法取出。某一天，他们打来野羊、野兔，用干柴放在这些岩石上烧烤。忽然天降大雨，被烧热的石块爆裂了，丹砂暴露出来。由此，人们受到启发，采用火烧水淋之法取丹。

这种开采朱砂的方法，生产效率很低，要耗去大量木材，过于浪费资源。万山史志有记载称，“1551年到1950年的四百年间，炼汞八千吨就耗去木材八十万吨”。我想，这仅仅是粗略计算吧。今天的万山一带生态相对是不错的，这是维护，是选择，也是再植的结果吧？据说，近五十年来，有些地方确保了山林有人管，斧子没乱砍。

面对空旷寂寥的矿洞，望着布满密密麻麻凿痕和烧得焦黑的矿壁，我不禁戚戚然，万山若有知，身体被挖得千疮百孔，难道它不疼吗？那从绝壁洞口里喷涌而出的一股股水流，是不是大山凄苦诉说的泪水？那深不可测的、永远走不到尽头的坑道，是不是为了藏住什么秘密？

而从另一个角度，可以欣慰的是，称为朱砂古镇的万山矿山遗址公园，引来各地好奇的游客，都被其景色的美丽和历史的神奇而慨赞。

现在，长长的坑道，已经用五颜六色的灯光装点起来了。有的地方还安置了扶手栏，特别是有流水的地方，需要慢慢地前行。在一处比较宽阔的地方，华美的灯光下有一个画着太极图的炼丹炉模型，旁边站着手拿拂尘掸的道士，还有人蹲在那里添火，再现了古代炼丹的场景，塑像惟妙惟肖。这个景点叫“时光隧道”，有八十九米长。为了营造移动的氛围，运用现代声光电子技术模拟时光的流转，再现铁轨矿车出矿场景；五颜六色的光柱随着音乐节奏，或起伏如激流汹涌，或变幻如闪电划空，给人一种穿越时空的精彩体验。

我想，这可能是受到原有设计的启发吧？早先铜仁市万山区矿山公园有一个矿洞亮化工程，就是根据矿山开采的历史，运用蓝、玫红、大红三个主色调，以人物雕塑复原呈现古代、近代、现代三个不同时期的采矿场景。如今由铜仁市万山旅游局设立的石牌还立在附近。这是后来的景点建设者尊重历史，强调空间和事物沿革的初衷吧？

我们在走进坑洞前，有人曾开玩笑说，在这里走，眼睛要瞪大点仔细看，可能会发现无根砂的。由于地壳运动从矿脉上脱落下来的朱砂，被裹挟在泥土里，或挤在岩缝中，是一种无源而孤独的矿砂。无根砂形状自然美观，常带有蜂窝状的小孔，而且较少杂质。

当然，你已经不可能见到当年热火朝天的开采矿石的景象，想要见到朱砂的真容，也只有透过博物馆的玻璃罩和灯光，远远地看一眼陈列的矿石标本，虽然朱砂工艺品琳琅满目，但那是经过加工过的朱砂产品，与原矿石毕竟不同了。

刚往前走几步，看见石壁上用灯光打出一行字来：万山汞矿开采自上古时期三代始，历经汉唐宋元明清延续不断。然而其真正扩大发展，乃始自明，明清两代是为古代万山汞矿发展的最盛时期。

宋代沅州通判朱辅多次到万山，他在《溪蛮丛笑》中论及万山产朱砂区域、朱砂品质，并讲道：水银出于丹砂，因火而就。朱砂的主要成分为硫化汞，杂有雄黄、磷灰石等，颜色鲜亮。如果用火烧朱砂就会析出汞来。详细一点就是，比如在古代，先将矿砂淘选滤干，并分层次堆于土灶内，然后用盐泥将封盖的缝隙堵上，以免汞气溢出，影响汞液质量；由于灶釜内中心呈凹形，周围高处的矿砂遇到高温就会逼出汞液，流向中部积聚。经过一个昼夜的煅烧，那情形可谓滴漾悬珠，璀璨生辉。

在我眼前地段的坑道，不知什么时候截面呈现长方形，满眼是人工开凿的痕迹。特别是那些刻槽、标记，用以标明矿床及掘进方向，即使在没有亮光的情况下，有经验的开采者也可以手辨认，不至于在幽深的洞中迷途。

个子高的人在坑道里走，要弯着腰。我站住脚，眼前的坑道，延展得特别遥远，远不可测，不知伸向了哪里。在浅黄色或橘红色的灯光照明下，顿生时光倒流的感觉，这就是可以穿越历史的时间隧道呀。洞中方一日，世上已千年，我不自觉地想到这句话。有科学家认为，地球和神秘星球之间，两个不同层次的世界，存在着一种不可捉摸的时光隧道，那是四度空间神秘世界。正遐想着那种种神秘，被身后过来的游客碰了一下，我回过神来。

从矿洞一处走出来，见写着“狗拏岩”的牌子。再回过身来向来处看，方知脚下是又一处古老的矿道。从秦汉始至中华人民共和国成立前，这里一直是矿工采矿、打柴取水的重要通道。这个名字起得好奇怪，据说是为纪念猎犬帮助土人寻找朱砂的故事。早先当地土人常带着猎犬涉溪攀岩寻找朱砂，久而久之，猎犬熟悉了朱砂的鲜红颜色。一夜，当猎犬看到半空中鲜红的月食，以为是看到了朱砂，一阵狂吠之后，就气绝身亡。现山顶上还有一块猎犬望砂石。

我有一种强烈的穿越中收集新体验，感受新氛围的情绪。一个地方与外地人交流最好的资本是文化，朱砂矿山遗址就是这样一部可以叫人长思的大书。在此，尽可能在生命意义上对流传的关于朱砂事迹作情感迫近的探求。

二

在另一个开采矿道里，有一行醒目的字：世界一号宝砂“辰砂王”。这叫人有些不解，朱砂也叫辰砂吗？

实际上，历史上开采朱砂的地方还有湖南、四川、广西等地，但是贵州铜仁万山一带的朱砂成色好，也更出名。据现存较早较完整的宋代地理总志《太平寰宇记》记载：“药砂为辰锦朱砂。”朱砂也是中医用药，中药配伍颇为讲究药材产出地。唐初辰州、锦州的朱砂品质纯正，功效特色负有盛名，故为地理史书记载。

辰州，即是今天湖南省的沅陵县，而锦州，则是今天湖南省凤凰、麻阳、花垣一带和贵州省的铜仁、松桃一部分。也就是说，辰州和锦州相邻，又有境内锦江及其他水系的朱砂矿运输覆盖，故使用辰锦朱砂之称谓，也是很自然的事。以后，锦州的一部分并入辰州境内，久而久之，人们皆以辰砂为辰锦丹砂的简称，则是水到渠成了。

其实，所谓辰砂几乎大半产于铜仁万山一带。明代王士性在《黔志》中说：“贵州土产则水银、辰砂、雄黄……虽曰辰砂，实生贵州。”辰砂纯净而有光泽，美其名曰光明砂。清代田雯在《黔书》中说：“铜仁箭镞砂、散生水晶石中，红白绚映，可宝也。”宋代朱辅也在《溪蛮丛笑》中记载：“砂出万山之崖为最。”“佳者为箭镞。”

贵州方志产生于宋代，发展于元代，到明代基本定型，清代则兴盛。明清时期有了比较好的撰写方志的品质，具有了史志体特点，在记载事项的完备和繁简的选择上更为成熟。所以，《黔志》《黔书》这两部方志的记述是可信的。同时，还有辅证。这里产出的朱砂经过锦江泛舟而运往辰州集散，人们在此与其他产地的朱砂矿比较成色，相互交易。于是，只要是从辰州集散地来的朱砂，就约定俗成地叫起辰砂来，这也是合乎情理的。

沅陵县，现隶属于湖南省怀化市。这个名字是有历史的，自汉高祖五年（公元前202年）始置沅陵县隶于武陵郡。隋开皇九年（589年），废沅陵郡为辰州（因辰水得名），治所位于沅陵县，领五县，隋大业二年（606年），改辰州为沅陵郡，治沅陵，属荆州。也就是说，辰州与沅陵县、沅陵郡多因管辖互换被同时提到，但辰州是基本定型的地区称谓。唐武德三年（620年），改沅陵郡为辰州，治所在沅陵。这可能与自唐代起将辰砂列为地方向中央朝廷的贡品有关，辰州成了一个特殊的地理标志。

尤其到了宋朝，随着北宋名相章惇平定南江蛮后，裁撤羁縻州，即对过去还多少有些自主权力的地方土豪，却给予更多的控制和约束。那么，这个时候的辰砂交易会不会受到朝廷的更多关注，贡品的成色要求会不会更加苛刻呢？这是可以预料到的。

随着万山朱砂名气的日益提升，人们更多的是强调产地，因为产地就是成色，产地就是质量。一提到辰州，似乎不如先前那样让人一下就想到砂矿了。辰砂之称，不仅仅反映了历史背景，而更多的应是上乘朱砂的代称，或是万山朱砂的另一种叫法。

到明清年间，尚有辰州路、辰州府之行政称谓。民国三年（1914年），废辰州府复沅陵县。

矿洞

崖高鸟惊心

行走在朱砂古镇有三大兴奋点：玻璃栈道、悬崖宾馆和悬崖游泳池。

远远望去，绕山而建的栈道像一根无尽的绳索紧紧地捆在山腰，难道是哪位神仙要将一座座大山打包连根拔起吗？同时，那栈道也像巨龙盘山而行，守护着万山之中的宝矿。

从仙女洞通往岩鹰洞，经过一段六十五米长的玻璃栈道，栈道明亮现代，阳光四溅。走在上面往下看，万丈深渊，惊心动魄，好奇刺激，那心一下就会提到嗓子眼……不过你定定神，看看其他游客的表情，就觉得特别开心，他们惊讶、恐惧、欢笑，还有吓出眼泪的，或有胆大的年轻人，将头探出栏杆拍照或四脚朝天躺在玻璃栈道上，摆着姿势叫人照相；还有的游客紧紧拽着裹在崖壁上预防岩石脱落的丝网，屏气小心迈步，还有弯曲着腿一点一点往前挪行的，四肢着地爬着走的人也不在少数。

高处不胜恐惧，当玻璃栈道尽现眼前时，我立时感觉腿有点发软。好在与栈道大体平行的采矿坑道也可以穿行，这就是设计者的匠心独具了。栈道与矿洞是同向的，穿过矿洞也可以绕到山的另一端去，可以避走这条吊在万丈悬崖上的栈道。

绕过玻璃栈道，走出矿洞，我忽有所感，写了几句诗："玻璃栈道就横跨在铜仁万山 / 朱砂古镇的悬崖间 / 沟壑 峭壁 草尖儿 / 弹回的都是阳光的尖叫。

落日余晖下，悬崖栈道、青山长亭与灰白天际融为一体，更让人多有思悟。近望，峰峦叠嶂，绝壁生辉，仿若置身壮丽奇崛的山水画卷中。

正当你以为此景甚赞的时候，抬眼望，远处的空中滑索又在等着你开始新的冒险之旅。此刻，一下体悟了玻璃栈道的象征意义：朱砂是珍贵的，绝不是探囊之物，没有胆识，缺少勇气，就不可能登临险峰，一览无限风光，获得真正的朱砂矿藏。

行走间，眼前豁然出现了悬崖宾馆四个高悬的大字，那正是我要入住的地方。宾馆建在悬崖上，想想都会心跳加快，甚至有雀跃的冲动。突然想起我在青海格尔木高原遇到的一个小女孩，她从未离开过牧区，见过的最大植物是菠菜，当她来到内地，看到白菜的时候，惊呼道，好大的一棵树啊。我此刻的心情等同那小女孩。

这座悬崖边上的酒店，显然是二十世纪五六十年代的风格，从正面望去，除了大门上赫然的"悬崖酒店"灯光牌十分醒目外，门的两边有对称的尖顶建筑，分别镶嵌着庄严的五角星，其中一颗星下面嵌着食堂两个字，给人一种老旧的时代感。

在服务员带我走向房间时，我左顾右盼，小心翼翼，唯恐悬崖就在脚边，一不留神就会踩空。进到房间，我让服务员先不要离开。迫不及待地推开窗子，哦，果然视线内就有沟壑万丈的悬崖。不过，在远处，离房间有距离，是窗外的风景。设计者何等精妙精算，像这里的大自然一样鬼斧神工，尺寸就定格在室内的舒适和室外的惊喜点之间。我原来想象悬崖宾馆，是不就建在悬崖上，一直在预期中被自己的想象恐吓着。我的心旌摇荡和转回身的惊魂已定，服务员定然都感受到了，离去时与我会心一笑。

生活早已告诉我，会心是人与外界相处的最高境界，语言更多的时候只是在证明器官的发声功能，有用性有限。

我继续来到窗前，把椅子摆正，窗外的风光尽收眼底。近处，皆是参落的杂草杂木，葳蕤丛生。远处，沟壑万丈，悬崖陡峭，好像被巨斧劈削过的，危峰兀立，直顶云天。

凑近些，脸险些就陷进玻璃里去了，我看见，在深渊和高天之间，在那万丈崖壁上，悬梯栈道横亘在天地间，纵横逶迤到云深处去了。

1956年的湘黔汞矿公司办公楼旧址还保留着。这是一座苏式建筑，已经成为朱砂古镇的重要文物建筑了。随着时代的变迁，该楼的用途也发生变化了，早期的总矿就设在这里。1966年，国务院批准设立万山特区，此楼就成为万山特区和贵州汞矿的办公场所。1982年，这里成为大中专毕业生和新参加工作青年职工的宿舍。此后八年间，有许多年轻人在这里结婚生子，所以，此楼也被称作鸳鸯楼。我站在楼前，似乎看到他（她）们的身影，时代、社会和家庭的力量，可能会延长强化或改变自己的性格，甚至也不乏因周围的气氛作一些妥协，因此失去了卿卿我我的情感而投入无私奉献的事业中，但那毕竟是一代人的路，带着时代的烙印。

玻璃栈道出口处紧挨着的是悬崖游泳池。这是中国唯一的悬崖游泳池，真真是凌空游泳。身穿泳衣，一踏入水里，心里就跳得厉害。探出水面，眼前青山壮阔，白云飘逸，有被巨浪抛到高空之感。待到心里平静下来，才发现泳池的水淡蓝色，好像是从天上倾泻而下，湛蓝清澈，纯净和舒朗之感油然而生。惊喜交集，一边畅游在水里，一边又惦记着，别游猛了，如果飞出去，可不是鲤鱼跳龙门。

从游泳池向南望，就能够看到高空索道一端的山头，直接从游泳池的悬崖边上滑过去的索道，常常传来乘坐索道车的人的尖叫声。特别是大胆的女孩子，那种寻求刺激的疯狂，让站在下面的男游客都震惊。

有一对年轻的情侣坐在泳池边上，让我帮忙拍照。他们互相依偎着，望向远方，表情祥和，这个画面让人想到永恒。

住在当年矿区遗留下的厂房和办公房改造成的悬崖宾馆里，品尝着人民公社食堂的菜肴，你一定会有非同寻常的、奇妙的感受。特别是想到那边不远处掩在杂草丛中的残垣断壁，乱石铺地、污渍斑斑的遗址，以及塞满矿渣的、补丁累累的山体，就嗅到历史的气息，让你的思绪不断在今日和昨日之间切换游移。

想起古罗马诗人鲁克烈斯的诗歌：

一条河无论怎样小，对于那
未见过更大的河的人便显得大
人和树也一样，每件东西
如果凡夫看见它出类拔萃
便想象它是浩荡无比。

我对古镇和悬崖浩荡无比的想象在这一刻尘埃落定，凝坐良久，许是大自然的磁场和能量使然，让人迅速达成自我和谐，在归返时光倒流的原初韵致中，我安然入梦。

玻璃栈道

云南梯上的旧影

万山朱砂远近闻名，想靠开采致富者蜂拥而至。从秦汉到清末，外地人大量涌向矿区，而以巴蜀荆楚和滇桂黔的人居多。他们大体是企业老板，想一夜发家的淘宝者，好奇心十足的冒险家，而大多数是想找口饭吃的苦力人。

比如，明朝初年，有个姓马的云南人，很会做生意，家里也有一些财产。这天，他听说黔东万山的朱砂很值钱，连朝廷都知道。在财富的诱惑下，他就动了试试看的心思。于是，他辞别父母妻儿，说赚大钱后就回来，如果好的话，就接他们过去。

经过一番长途跋涉，翻山越岭，他终于来到万山，开始了自己的采矿事业。来到万山，他雇了大批矿工，首先在陡峭的石壁上一点一点地开出上爬的石级。就这样，他一边筑路，一边开洞，开凿矿洞要从岩壁上开始，寻找朱砂矿苗。1368年到1393年，前后近三十年间，这位马老板开凿出了七十九级石阶，在石壁上共凿了二十一个矿洞，他开掘的洞体巨大，可容纳上千人同时采场，洞洞相连，颇为壮观。

有人问，马老板挖去了多少朱砂，不得而知，没有文字记载他的财富，或说哪个地方是他的领地。可以稍作想象的根据，仅仅是他在生活中的挥霍。

马老板进万山时，还是血气方刚的年轻人，三十年后已经是中老年了，风风雨雨虽沧桑了面容，却依然颇喜及时行乐之道。他到底没有把妻子接到万山，而是在这里娶妻生子了，日子过得有滋有味。老家里的人怎么样了，与云南相隔千山万水，顾不上了。有时，马老板外销朱砂水银，顺便乘船沿沅江而行到辰州，赴常德，逛长沙，吃喝玩乐一样不少。还会把青楼女子带到万山，有的发展成为他的姨太太。曾经马老板或其财富吸引来了各色人物，当然包括十里八乡或辐射范围更大的美貌女子，一时万山美女云集。如果说刚到万山，创业的艰辛，使马老板不得不就地取材，续娶个女人是生活所需，而三十年后的美女在万山云集，解读的一定是马老板的财富数字。

在今天的朱砂古镇，马老板当年开凿的矿洞还在，人们称这里是云南梯或云南洞，位于悬崖上，石梯的出口处还留有马老板当年的刻槽记数。洞口一根硕大的岩石柱与周边山体相连，所形成的拱形景观，远处望去，犹如一根象鼻，那高大身躯内装着无尽的宝藏。这也是朱砂古镇的主要标记之一。

在此，我记起一段文字，是清朝康熙年间贵州巡抚田雯写的《朱砂》。他到过万山开采现场，其文字表述的采砂者的状况十分形象。他写道："采砂者必验其影，见若匏壶者，见若竹节者，尾之。掘地而下曰'井'，平行而入曰'蹩'，直而高者曰'天平'坠而斜者曰'牛吸水'。皆必支木幂板以为厢，而后可障土。"

这里主要说的是，采砂者不仅有各种开采工具，还有顽强果敢的意志，他们把危险抛诸脑后，即所谓"畚插锤斫斧镬之用靡不备，焚膏而入，蛇行匍匐，如追亡子，控金颐而逐原鹿。夜以为旦，死生震压之所不计也。石则斧之，过坚则煤之，必达而后止"。文字如此形象、生动！

田雯还讲到矿砂被运出地面以后，开采者还要费很大工夫取砂："……方其负荷而出，投诸水，淘之汰之，摇以床，漂以箕，既净，囊而漉之。不即干，口以吹之。其水或潴之池，或引之竿，越岗逾岭，涓涓天上落也。获之多寡视乎命，地之启闭视乎时，砂之楛良，视乎质，不可强亦不可恒也。铜仁万山、务川响板厂皆有之。"

采砂场面历历在目，委实叫人直呼不易。田雯是清初政坛上的名臣，官至户部左侍郎。他学识渊博，著述丰富，大多收入《四库全书》中，成为清代重要文献。所以，他的记述应该是不虚的。

从他的记述中，还可以感觉到他的同情心。

调任贵州巡抚以后，田雯见贵州经济文化落后，就很注意发展当地文教事业。如增建县学，整修书院，奖掖黔中人才。稍有空暇时，就亲至书院督课，从而使贵州地区文风日盛。当

仙人峰玻璃天桥

时东南地区有苗民骚乱，广东总督建议合兵会剿，但被田雯阻止了。他认为："制苗之法，犯则治之，否则防之而已，毋庸动众劳民也。"地方人偶有波动，不必大惊小怪，多加疏导就是了。可见田雯的同情心、安民护民之心，在这里有了具体的实施对象。

我想，万山马老板的人生，未必仅仅是他独有的经历，尤其在寻找矿苗的执着，开采矿砂的艰辛，追求财富的拼命，应该是许许多多怀揣好梦的外乡人到万山打拼的缩影。云南梯，也应该是有很多云南人聚集的地方。

迷雾中的茅舍寺院

在一个林木葱郁的半山腰，难得的一块平整地上，仄斜着两处民居样的平房。一座坐北朝南的三间屋的平房，极为普通的灰瓦顶，正面是暗红色的木板墙壁，宽敞的四扇折叠木门板，门框上悬挂着威灵禅寺四个字的牌匾，字体粗放遒劲。威灵禅寺曾是人类历史上第一个炼丹圣地。时年的威灵禅寺是一座佛道合一的寺庙，殿宇宏伟、雕梁画栋，寺院幽静，翠竹环绕，香火旺盛。

此山为合药之所，炼丹之地。相传，秦汉时期，一批道人遍寻仙丹，慕名来到盛产丹砂的万山，在威灵禅寺架起炼丹炉，祈求从朱砂中提炼不死之药以进贡朝廷，迎合皇帝长生不老的愿望。同时，他们也在这里修炼秉性，持守戒律，过着清苦寂寞的生活。葛洪的《抱朴子》认为："山林之中非有道也，而为道者必入山林，诚欲远彼腥膻，而即此清净也。"他们气质潇洒，缥缈形神，正所谓人行大道，号为道士。身心顺理，唯道是从，从道为事，故称道士。

现在山顶上站着成仙亭，以纪念祝福他们在此修成正果，羽化升天。威灵禅寺炼仙丹，把浓浓的仙气留在山上，千百年来盘旋不散。当地人说，这里是方圆百里最具灵气的地方。

房内桌案金黄色绸布上供奉着观音、药师神佛像，虽然这里已经没有了寺的壮观气象，但肃穆洁净，香烟缭绕，还是叫人能够感受到有一种力的存在的。

另一处坐东朝西的房子是宿舍，有灶台和单人床铺，几把小凳子散放在取暖炉四周，一个放杂物的矮柜是唯一的家具。墙上粘着一张地图般大小的纸，写着一些类似执照类的文字。这里的主人不固定，常来这里修行的有几十位老人。现在住在山上的是三位退休的婆婆，自愿守护这个寺院，一住就是几个月。她们都是七八十岁，身体硬朗，一位正蹲在房前晾晒野菜，另一位正上完香出来，还有一位忙活着请我们到屋里坐，拿橘子招待我们。

几位婆婆神情安详，微笑少言，那是内外高度一致的祥和。

为什么修行的人会聚于此处，这两间房子看似朴拙平常，但那天灵地气已在这里凝聚了几千年，磁场强大。

有一个画家朋友曾郑重表明自己的观点，说自己“好色”，她交的朋友多属美女帅哥类。理由是，常与真正的美女帅哥打交道，小则促进食欲，愉悦身心；大则有利长命百岁。我也看过类似的一句话，说英国人研究发现，每天看帅哥美女总寿命能延长五年。其实多数人的感受也是，养眼的人自然会吸引人多看几眼。

一见这几位婆婆，她们祥和的神情一下吸引了我。我感觉自己都有些不礼貌了，那慈祥的神情引人看一眼还想看一眼，有安神之效。人说，三日不读书面目狰狞。照镜子看看自己倒不至于狰狞，但快节奏的生活却是会让人生出些许燥气甚或焦灼。这婆婆们经历了世事洗礼，又回归到自然人生活，修在深山，砍柴种地，吃斋念经。远离人世纷扰，她们自然释放出一种类似美女帅哥功效的气息，平定焦虑，兼治狰狞。我贸然说出自己的感受，请求与她们合影，沾点宁静之气，婆婆们欣然同意。

想起毗邻朱砂古镇的中华山也有着打动人心的宗教意味。

盛唐时期，女皇武则天到江南巡视路过此地，见山峰直插云霄，风光独特绮丽。因居于湖南衡山、四川峨眉、云南西山之中，山形山貌酷像中华地图，故此，武皇欣然挥笔写下“中华山”三个刚劲大字。

中华山风景秀丽，地势险要，有两个独立主峰，即前山和后山，前山由和尚居住，后山由尼姑居住。上山是青石板路，沿途林荫蔽日，兰竹苍翠挺拔，香椿树高大遒劲。春季时节，整个中华山香气四溢，挎着满篮子的竹笋和香椿芽，僧人们脚步轻快，这是和尚尼姑们最好的下饭菜肴。

两山之隔是刀削样的深谷，其间仅以五十厘米宽的舍笔桥通过，站在崖边，有头晕目眩之感。而据说处于爱情中的人们其根本状态也是一种眩晕，此地人便天人合一，干脆让这里成为考验忠贞爱情的场所。

久远的时候，就流传了这样一个故事，附近有两家的青年男女没有经过媒妁之言而私订终身，这两个年轻人就必须接受攀岩后山的考验：男方族人用绳索将舍笔桥放下，由该女子小心谨慎单独攀岩至后山。待女子通过后，又把舍笔桥收了起来。之后，女子跟随尼姑们生活三个月。其间，女子要守得住寂寞，耐得住清贫，干得了体力活儿。这个过程，一对热恋得眩晕的人要接受检验，一个小女子要攀过这峭壁陡崖，必须平下心气，而那个瞭望的男子也必须屏住胆战。其实这个过程也是去眩晕步正轨的过程，相当于试婚，爱情何尝不是心惊肉跳又复归平静的历程，经得住考验修成正果，否则就是一场发烧而已。

男方如果顺利地把女子从后山接了回来，那就是两个人经受住了煎熬考验，可百年好合。之后男女双方的族人才进行见面，有一套礼仪。男方会挑着礼物敲锣打鼓来到正殿，虔诚跪拜行十九个大礼后，再由和尚和尼姑各站两旁念佛为之祷告，祝福他们百年好合。

在寺前的亭子里，可以远眺郁郁葱葱、烟雾缭绕的山谷。炼丹逐道，传说故事，风物人情无不是这一方土地的人们以他们自己的方式追求着生命的和谐美好。这里离对面山上的索桥不远，那桥下就是著名的黑洞子。

第二章 久远的巴寡妇清

司马迁在《史记》中记述了殷商诸王世系表，起初人们还是有点怀疑，因为汉代距离殷商仍然存在着时间隔阂，传说不能作为历史。但是，当后来从殷墟发现的甲骨文上证实了司马迁的记述，如此准确，叫人惊讶。有西方学者说：中国人有深刻的历史意识。

《史记》是中国第一部正史。在这里，司马迁开创了以人为记述主体的纪传体例。他笔下的人囊括社会各个阶层，各个行业，尽显了宏阔历史的人情世貌。难怪看过这部书的日本学者连连称赞，说《史记》是人学宝库的重要代表。

司马迁不仅把远古的人看透彻了，还能把叱咤商场的人带着风地推到你面前，这是我看了谈经济学的篇章《货殖列传》后产生的印象。

这里有历史的符号，也有历史的故事。我们回溯、思考符号的含义，因为它凝结着历史的烟云；我们体会、解析故事的细节，因为它再现了岁月的沧桑。

把万山朱砂的生意做得风生水起，使一个弱女子闯入国家的发展进程，更有与始皇私生活相关的旧闻，就叫那载入史册的巴寡妇清，道不明说不清。

仙女石　巴清的化身

平时我们谈生活，没有大道理，可归根到底还是有关应该怎样不应该怎样的事。说得大一点，就是那些大得崇高的世界观方法论；说得小一点，就是那些小得可怜的煞费苦心的经营。比如，女人是要化妆的，中等层次的议论也不过是女为悦己者容之类，而中国台湾作家林清玄就说得高雅，说化妆有三个境界：三流的化妆是脸上的化妆；二流的化妆是精神的化妆；一流的化妆是生命的化妆。

在朱砂古镇采访，为了在跋山涉水千山万洞中穿行方便，我轻装上阵。中午回到房间，看到朋友小芫在手机私信上发来一个哭脸。

我回她一个龇牙的笑脸，试图先给她个正能量的氛围。

她百折不挠，发来两个哭脸。唉，为什么多优秀的女人一遇到情感变故就短路，又一个好女人在失意的情感中沦陷，不能自拔。

我和小芫在健身房因经常在同一种运动中相遇而相识相

投。小芫天性阳光灵秀，大气果决，电脑线路图般的理科学习没有把她训读得呆板无趣。她自己经营着一家公司，与形形色色的人接触，从事的是与人、与社会各色人等打交道的职业，这样的磨砺，并没有把她污染得世俗功利。左看右看，她的精神气质都是简单自信。一个女人若经历了千帆过尽或者随波逐流，多少是有老旧感的。充分生活，又没被生活整坏，这也许才是女人最大的成功。

但女人，却不会因简单就能绕开最大的麻烦，这是感性动物的宿命。

女人失恋期其实是油盐不进的，听她倾诉，陪她熬时间，时间才是真正化解失爱的良药。

大半天的时间，我行走在朱砂古镇，被深邃的历史人文震撼，还没回过神来。尤其仙人洞前那尊天然形成的景观仙女石，身姿颀长，玉立在悬崖间，手捧花束，头挽螺髻，长裙曳地，窈窕惊艳，栩栩如生的形象，久久萦绕在脑际。神奇的是，她鬼斧神工的美丽变幻莫测，正面看是如花少女，侧面看是中年女性，右后方看是耄耋老妇，哪个角度都显出美艳高贵，呈现的是不同年龄段的人生。

我便顺着自己的思路就地取材说，我们要向巴清学习。

她说，巴清？好像是个有名的寡妇吧？

我先从巴清的名字说起。古时，男子只称氏而不称姓，而女子则称姓。妇女在姓之前冠以字，如孟姜、伯姬什么的，或者在姓前冠以夫家的国号或氏名，如褒姒、赵姬什么的。巴清应该有她的姓，她娘家姓清，巴是她丈夫家的氏名（也可能是指巴蜀的地方），合起来就是巴清，或者称巴清氏。

以史为据，巴清是第一个被载入正史的女商人，秦朝大富豪，富可敌国。然后我调侃说，现在也许正在与马克思小酌一杯，谈《资本论》是如何指导她成就自我的。

趁着她对这个话题有兴趣，我想让她变个频道，从伤感的情境中走出来，就一下把话题扯到两千多年前。

小芜清晰地意识到我已跑题，迅速打来视频电话，与我面谈，又开始详述她挥之不去的痛。屏幕上，她面容消瘦悲戚，并把手机移至膝盖上，屏幕上出现了一块鸡蛋大小的瘀血破损伤口。她说，我今天下地铁，踩空台阶，重重地跪在地上，胳膊腿没断就侥幸了。

工作生活那般雷厉风行、灿烂洒脱的她，如此失魂落魄，是典型的被贪嗔痴三垢浸淫，此三毒何其戕害身心！就因为信誓旦旦与她天长地久的人，从敷衍到不接她电话，像所有那种渣人一样，人间蒸发了！

小芜的悲痛是，他为什么不体面地道个别，仓廪实而知礼节，人与其他低等动物的区别最重要的是，人有记忆和思考。可以不打招呼就消失吗？而她自己，尊严使她不能脱离俗套，祥林嫂般强行去追问为什么。因为她的心总是被一根刺扎着，昼夜刺痛。

翻开女人最隐秘的内心，良善出色的女人，你就是皇后天仙，又有几人没有类似的痛点呢？

蒸发就是一种告别呀，我说。被冲昏头脑的小芜用自己的良善仁义去要求对方，怎么也转不过弯来。我们在屏幕上相视沉默。

她突然想起来说，对，巴清是秦朝人吧，好像与秦始皇还有扯不清的关系。

我对她的观点不以为然，司马迁在《史记》中提到巴清，始于赞颂，使巴清青史流芳了，但结论又不无轻视之意。

在电话那头的小芜眼睛突然放光，说，女人感性天然，人世间有多少女人被感情这件事弄坏了，一辈子缓不回来的大有人在。越是远古的女人，天然性更好。巴清成就那么大的事业，至少是没被感情这道坎羁绊住。她是不是长得很丑陋啊？我说，不可能，她的夫家几代经营矿产，大户人家，儿媳妇肯定要千挑万选，古人又那么讲究门当户对，巴清应该大体是个白富美。

认识小芜后，她成功地把我带进股市，带我炒股票插手了我的经济生活，有赚有赔，终因我实在不是那块料而罢手。她成功的婚姻曾是很多母亲唠叨教导女儿的楷模，通过她的一双蛋清般玉洁冰清的小手，可以窥见她在家庭生活中的养尊处优。她前夫每天早晨可以做三种早点以满足所爱之人的不同需求，给孩子做西餐，给小芜包馄饨，给自己煮碗正宗四川小面，并统统佐以三种以上红绿相映，看之即涎水直流的小菜。早点的生活场景证明了三口之家的幸福和美。遗憾的是，小芜没能守住江山，目前已成为离异人员。

她的婚姻出现问题，是因为她惹上了另一段感情。先生以给自己做小面那样一丝不苟的态度，与眼含热泪、把生活弄砸的小芜相对而坐，剖析他们的婚姻。后果决叮嘱小芜也是叮嘱自己，各自砥砺前行吧！分道扬镳。

鸡飞蛋打的俗套人间悲喜剧就这样狂风骤雨般具体到了小芜的身上，原有的生活结构被扯断，新的生活未知无序。

我引经据典插手她的精神生活，劝导她。这显然不像从股票中抽身那么简单，至今没见起色。

朱砂古镇的仙女石让人浮想联翩，我之前查询了许多资料，没有找到相关记载，不知其为何人。因其惟妙惟肖，曾有人怀疑这是后天人为。果真如此，古人是在纪念什么？把这么大的石头像立在万丈悬崖间，何其难哉，现在的技术也几乎不可能做到。若天然形成，如此栩栩如生，天意的鬼斧神工实在太过诡异神奇。

这石像不知怎么一下让我想起去过的江西龙虎山，悬崖矗立在滔滔江水中，在壁立千仞的悬崖洞穴里却高置着棺木，至今悬棺是怎样放置上去的还是千古之谜，可参考的记载基本没有，当然悬棺之谜还有多地存在。这万山的女石像也与世界上的许多未解之谜同样，答案只有天知道。

天才知道的事世界上有许许多多。小芜望着我展示给她的石像照片左看右看，啧啧称奇。

我给小芜讲我的采风成果，讲巴清。我们感叹着，那座石像不是巴清就是巴清的化身。古代的女人基本大门不出二门不迈，巴清是当时最大的朱砂商人，黔湘川是朱砂产地，古镇的主题是朱砂，在这里有资格以石像千秋万代的女人非巴清莫属。

我试图与她热烈讨论巴清，以阻止她在自己荒谬的逻辑里打转转。她还是很快切回自己的频道说，人生最痛苦的不是失去，而是你本来就没有得到。之后，她给我视频自家地板，我模模糊糊看到几片塑料状碎屑。她说，我那双拖鞋鞋底一块块掉渣，现在，家里满地都是鞋底渣。虽然几乎所有的物品都是消耗品，但是，这双鞋也坏得太蹊跷了，恰逢其时。

就是说，拖鞋底已经坏到碎成渣了，她还穿在脚上，满地的鞋渣也不清理。只因那是他送给她的。

他都以渣状呈现了，她还是不肯给自己的心灵搞个卫生，清理非法物。

小芫是本分人，长相中等，自信得体，怎样都透着一种特别的气质。贤良是女人最重要的品质，耐人寻味具有未知性，二者兼具就容易引异性探求，招蜂引蝶。听小芫讲他们的交往经历，那个人追求她时无所不用其极，物质上狂轰滥炸，精神上海誓山盟，险些没把北京周边的海弄枯石弄烂。首先是典型的破坏生态环境案例，精神污染严重，也难怪小芫没招架住。事实结果却证明是欺骗性恶性程度极高的事故，导致她弄丢了婚姻。

她说，我应该扔掉这双鞋，但它承载着许多信息，美好的回忆，我忘不掉，放不下。她失控地追忆着，他把钻戒套在我手上那一刻，我已认定我们是永恒的了，我又没死乞白赖，他人间蒸发所为何来？我连一句解释都不值得吗？她重复着自己的疑惑，也仿佛在思忖着说，看动物世界，公狗见母狗，都会叼着一块肉去。但肉的使命并不是要承担公狗失责扬长而去的后果，我扔东西干吗？她如此振振有词，这哪里是疑惑，完全蒙圈了。我听了若干遍她的感受，震惊复震惊。一个有妻室的人，随便就跑去北京菜百，又置备了一枚钻戒，双手举过头顶，趁着夜黑风高，就敢再套牢一个女人，这是高等直立行走动物的举动吗？哪里有资质进行这种表达，完全是下套。道德批判是不够的，若有证据，送上法庭严惩不贷才是人间正道。

太碎小的渣就相当于小分子，可以渗透到人的基底层，小芫其实是被蒙蔽了，原谅不了自己，才忽而慷慨激昂，忽而承认自己拎不清。苦不堪言。

我说，症结在人。这种例子古已有之，绵延至今不绝。比如鱼玄机，与李冶、薛涛、刘采春并称为唐代四大才女。十三岁爱慕上亦师亦友的大诗人温庭筠，温因大其三十多岁且相貌丑陋而退却，用力咽下口水后，介绍给李忆为妾。李因倾慕鱼玄机的美貌和才华，也和鱼玄机有过非常美好的一段时光，后其悍妇原配打上门制止，他就只好把鱼玄机安藏在道观里，说你静静地在这里等待，我明年来接你。一句承诺后，深情注视鱼玄机十秒，无语凝噎。转身就以川剧变脸的速度换了一副笑嘻嘻的表情，嗔怪地把原配手中的棍棒温情地拿掉。拉起手，阔步状，夫妻双双把家还，老婆孩子热炕头去了。鱼玄机守着一句承诺，翘首以盼，望断南飞雁，在清冷的道观里度日如年，等了一年又一年，不知今夕何夕。李忆与小芜认识的人风格一样，发烧劲一过，根本就是蒸发了，懒得解释半句。谁说语言不是成本？

才情优异的鱼玄机竟至破罐子破摔，与自己的丫鬟绿翘争风吃醋，竟杀了绿翘，最终才二十六岁被判了死刑。优雅的女才子啊，竟至杀人，糊涂到何种程度，被爱情要了命。有许多女人，一旦真爱，动辄就是一辈子，而喜新厌旧、始乱终弃却是有些雄性动物的本色，说到底也就是个随地大小便的习性，差异太大，这才是所谓一些爱情悲剧的真相。当然，男情圣也有，比如著名的英国国王爱德华八世，也就是后来的温莎公爵，为了迎娶心爱的辛普森夫人，主动放弃王位，成为英国以及英联邦历史上唯一一位自动退位的国王，要美人不要江山。这是个案。

想起千帆过尽的女人，比如我们的祖母的祖母就说过，旧时的男人只要养得起，多会纳妾，原因可能是，最好的女人就是那个没得到的女人，喜新厌旧是本质。想起去年某日，在玉泉路地铁附近，光天化日的马路上，看见两个中年女人和一个黑红脸膛的中老年男子混骂着脏话厮打在一起，看穿着气质，俩女人都像摆地摊的，而那个男人是拉黑车的三轮车夫，整日在地铁旁趴活儿，此刻显然是拉架的角色。两女人因争风吃醋打斗，旁观者啧啧称奇：一拉黑车的也找情人，闲的，烧的。我走过一听，也好奇，这男的在城管打击黑三轮的态势下，生存状况几近衣不蔽体，食不果腹，被钱烧的资本肯定不具备，顶多是被本能烧着了，闲的倒是有可能。俩女人中有一个是小三，涉情一个三轮车夫，所求是啥，令人费解。所以结论是，只要有气力，嗅到不一样的花香，人是容易被诱惑的，雌性有喜新厌旧的，或者打着爱情的旗号实施其他动机的也有，但雄性移情别恋的概率更高，有事实数据为证。

张爱玲说，每个男子的心中都有两个女人，娶了红玫瑰，久而久之，红的变成墙上的一抹蚊子血，白的还是“床前明月光”；娶了白玫瑰，白的便是衣服上的一粒饭粘子，红的却是心口上的一颗朱砂痣。

生物习性是原因之一，其他原因，女人即便付出生命的代价，也求不到这类问题的答案。莫若以史或一切此类教训为鉴，立地成佛为要。生命短暂，活到一百岁，也才三万多天。由巴寡妇清来反观女人，值得深思的东西太多。巴清在两千多年前没有女权的社会就能独立成章，还能冲破封建牢笼把自己社会化，把丈夫留下的产业打造成了一个帝国，成就自我，壮大家族，贡献国家，完成一个系列，实现了生命最大化价值，这是何等非凡的气度和能量?

我和小芜就这样进入巴清话题。巴清是个富矿，两千多年过去了，还在营养后人，从她身上汲取点钙磷铁等矿物质，赋比兴手法拯救小芜，让她的精神重新直立，路子是对的。

夹在正史页的女商人

说巴清，自是从正史说起才具说服力。

《史记》是由司马迁撰写的中国第一部纪传体通史，记载了上自上古传说中的黄帝时代，下至汉武帝元狩元年间共三千多年的哲学、政治、经济、军事等历史，大多是为帝王将相立传的。对于无官无品的人，唯独《刺客列传》和《货殖列传》涉及了。

《货殖列传》是中国最早的经济史著作，为历代政治家、史学家和经济学家所推崇。有现代学者将之比拟为亚当·斯密的《国富论》。所谓货，就是财富；所谓殖，就是增长。关于增长财富的专题叙述，是很吸引人的。司马迁重商的观点是很鲜明的。比如，鼓励致富和消费，主张国富，并把民富作为国富的手段，认为国家要对经济进行管理。他还主张善因论，就是“善者因之”，只要对商业交往效果不错的习惯或做法，就要继续下去，不要阻止它。

据《汉书·司马迁传》记载，西汉末年大学者刘向和扬雄

“皆称迁有良史之材，服其善序事理，辨而不华，质而不俚，其文直，其事核，不虚美，不隐恶，故谓之实录。”

《货殖列传》是司马迁为杰出的工商业者树碑的章目，表彰他们对社会作出的杰出贡献，被认为是整个《史记》中最精彩的章节，其中记载了春秋战国时期至汉武帝时期的大商人。春秋战国时有成就的经商者不少，可被司马迁看上的不多，而范蠡、计然、白圭、子贡等历史上的名人致富的故事被荣幸选入。范蠡，越王勾践的谋臣，灭吴之后，乘扁舟浮游江湖，改名换姓，经商聚财，至千金辄散去。魏国的白圭，曾为魏惠王的相国，后来转向农业产品特别是粮食的买卖，天下人谈论经商致富之道都效法白圭。子贡，孔夫子的高徒。子贡成立了很多跨国公司，并有“亿（臆）则屡中”的本事，就是推测产品行情变化非常准确。他无论到哪个国家，那里的国君与他只行宾主之礼，不行君臣之礼。孔子当时周游列国，之所以能受到礼仪相待，完全是子贡现行打点的结果。这虽然有点八卦，但子贡经济头脑非凡却是毋庸置疑的。

实际上，春秋战国时期最出色的商人，要数吕不韦，他由商入政，投资出两代秦王，可他却没有被列入《货殖列传》。可见司马迁撰写史书的严肃性。

列入《货殖列传》的商人乌氏倮和巴寡妇清是地位相对低下的。司马迁请他们入史，歌颂他们的功绩，也是把他们作为支持自己书中观点的两个例子。全文是这样的：

“乌氏倮畜牧，及众，斥卖，求奇缯物，间献遗戎王。戎王什倍其偿，与之畜，畜至用谷量马牛。秦始皇帝令倮比封君，以时与列臣朝请。而巴寡妇清，其先得丹穴，而擅其利数世，家亦不訾。清，寡妇也，能守其业，用财自卫，不见侵犯。秦皇帝以为贞妇而客之，为筑女怀清台。夫倮鄙人牧长，清穷乡寡妇，礼抗万乘，名显天下，岂非以富邪?”

自然，这里说的是两个人，一男一女，各自有特点，又有共同点。

那位乌氏倮经营畜牧业，等到牲畜繁殖多了，就全部卖掉，以此换求奇异之物和丝织品，而后再献给戎王。戎王则返给他更多，使其马牛充盈上谷。秦始皇诏令乌氏倮位与封君同列，他可以同诸大臣一起进宫朝拜。

巴清，是大秦帝国的女首富，连秦始皇都赏识有加，不仅把她接到咸阳宫里同住，而且在她死后还为她建怀清台。《史记集解》:“巴，寡妇之邑”“清，其名”。她是最早以自己本名记载于正史的女人，这是先秦女性包括秦宣太后、始皇帝生母都没有的荣耀。

巴寡妇清以女子之身跻身春秋战国时期最有影响的企业家七大富豪之一，财富不訾，名显天下，足以令人称奇。范蠡也在其中，并居首位。相传范蠡在帮助越王勾践复国后，认清了越王是只能同患难，不能共安乐，意识到“狡兔死，走狗烹”的道理，就带着西施泛舟五湖去了。后来他成为商人的鼻祖——陶朱公。那么作为范蠡身边的女人，西施自然会参与到范蠡的商业经营中，出谋划策，甚至亲力亲为许多事情，但是西施传颂至今提其美貌多姿，并未见其有商业的业绩被后世流传。再想想，在万山广为流传的那位教人们采丹砂，运往巴地换取食盐的梵女，不也是和巴清一样的女商人吗？只可惜她连真名实姓也没有留下，连是否真实存在过都让人质疑。而在巴清之后，漫长的几千年里，还有哪位女商人在历史上留名了呢？

乌氏倮和巴清两个人的地位都不高，一个是僻壤畜牧者，一个是穷乡寡妇人。但是，他们都得到万乘之尊的秦始皇以礼相待，名扬天下。这是为什么呢？司马迁评价说，这难道不是他们有财富的缘故吗？

那么，巴清的财富是如何得来的呢？靠朱砂。

她经营祖上传下来的朱砂矿，发挥运用先祖积累下来的采掘技术，并依靠自己善于捕捉商业机遇的见识，运筹帷幄，集勘探、开采、冶炼、运输、销售等多种业务于一体，打造出一条产业链，建起了属于自己的丹砂帝国。虽然那时没有逆向投资、经济周期等专业概念指导，但巴清凭着聪明才智竟把其中的道理运用得出神入化。

仔细阅读《史记·货殖列传》，还有两处写到朱砂。一处是在介绍各地所拥有的资源货物时提到了江南出丹砂，也就是朱砂。在另一处也提到过，“巴蜀亦沃野，地饶卮、姜、丹砂、石、铜、铁、竹、木之器”。这又说明了什么？说明了朱砂在当时已经是很重要的一种商品，并且广泛地被使用。而巴清把朱砂做到了全国垄断的地步，事业之大可想而知。

既然朱砂是关系国计民生的重要战略物资，自然受到最高统治者的关注。于是，在天时地利人和的条件下，巴清家族资产逐渐上升，乃至富可敌国。巴清成为当时至高无上的女商人。她用钱财来保护自己不被侵犯，也用钱财做自己认为应该做的大事。

正是朱砂，把这位秦帝国的女首富巴清载入了历史。到了手工业相对发达的明朝后期，才有更多人开始正视巴寡妇清的成就和非凡。

司马迁说巴清“礼抗万乘”，其实际意思并非她要和秦始皇相抗衡，而是有万乘之尊的秦始皇对她以礼相待。秦始皇嬴政是一个集暴君与明君于一体，集大毁和大誉于一身的帝王，史学界公认他的雄才伟略是前代君主无法与之比较的，后世皇帝也少有与之比肩者。史书记载秦始皇嬴政性格刚毅严厉，行事以严法酷刑为准则，不近人情。但作为帝国的开创者，嬴政同时又是一位礼贤下士的帝王。世人皆知刘备为得诸葛亮而三顾茅庐，却不知秦始皇对“梁之大盗，赵之逐臣”的姚贾能做到“资车百乘，金千斤，衣以其衣冠，舞以其剑”，还有诸如李斯、茅焦、顿弱这些敢于直言劝谏的大臣，尉缭、王翦这些善于谋划霸业或者统兵打仗的武将等人才，秦始皇都能广泛而慷慨接纳，其不计前嫌的胸襟与气魄在帝王系列中也是罕见的。何况礼遇巴寡妇清还有诸多缘由……

赞助秦始皇

在司马迁的《史记》里，最浓墨重彩地提到朱砂的地方，那就是讲到秦始皇修建陵墓的时候，他说始皇陵“以水银为百川江河大海，机相灌输，上具天文，下具地理”。用朱砂提炼水银，再用水银制造成江河湖海，难以想象，也是别出心裁。

水银是在常温、常压下以液态存在的金属，呈白色光泽，内聚力很强，不会大面积四处流淌。如果水银落在地下，会形成珠子状，滚来滚去。我见过一支碎了的体温计，就碎成这种水银珠子。

秦朝完成统一大业，国家大兴土木，这也是证明秦朝强大的一方面。秦始皇陵由当时的丞相李斯设计，大将军章邯监工，耗费人力七十二万余，历时三十九年。工程如此浩大，前无古人，后无来者。死了的秦始皇，也是那样不凡。

有专家研究估算，有多达一百吨水银被灌入秦始皇地宫里，形成江河湖海，可以想象的是，那镜面般的效果，近看是平静的湖水，远观是喧腾的大海。同时，那么多的水银，一定是剧毒了，试想，谁要是闯进皇陵，那是什么后果？

秦始皇陵是国家工程，各方面自然都要用足了力量，那么大量水银从何而来呢？

当时的丹砂产地，巴清的家乡巴地和毗邻地贵州的桐梓、思南、德江等地都开采丹砂，她又是经营丹砂的专业大户，即朱砂拥有量最大的占有者，必然要对国家工程有所贡献。同时，有一个流传较广的说法是，巴清很具家国情怀，是仁德的商人。比如，为了弥补中央政府抵抗匈奴入侵的巨额军费缺口，她贡献了大量资产；全力以赴搞好劳工福利待遇，积极扶贫济困，被乡人奉为活神仙；晚年将全部财富捐给长城工程，更深得秦始皇赞誉。由此说来，巴清无疑应是秦始皇修建陵墓的最大赞助商。

宋代学者刘攽在《女贞花》诗中说：“巴妇能专利丹穴，始皇称作女怀清。此花即是秦台种，赤玉烧枝擅美名。”巴清被当时的最高统治者赞誉，不会仅仅是出于相识，或她个人有独特情操，一定是与国家大业连在一起的。“秦台种”，可以理解为以国家为商业活动的平台，往来的买卖都是大宗产品，获利结果也归属国家，支持国家这个项目或那个工程的正常运转。

在宋朝仁宗时，中书令夏竦愤怒批评巴清说：“妇越闺户，预外事，是非贞也；图货殖，忘盥馈，是非孝也；采丹石，弃织纴，是非功也；抗君礼，乖妇仪，是非德也。”如果我们从相反的意思看这段话，巴清干的都是大事。预外事、图货殖、采丹石、抗君礼，就是男人如此，也是很了不起的。

我想，正是因为巴清有这样的魄力，又有忠君爱国的举动，秦始皇才御准寡妇巴清专卖丹砂，形成全国性垄断，从而使巴清虽然是婚姻上的寡妇，却成为商业上的寡头。而且更重要的是，开了统一帝国历史上的商业垄断之先河。从此，汉代之盐铁专营、唐代之榷酒、宋代之榷茶，皆一发而不可收也。

同时，秦始皇求长生不老之药，是历史上出了名的。翻翻历史，还没听说谁手握皇权，却对炼制仙丹，信奉长生有如此执着而甚于秦始皇的。有信佛的，有信道的，那仅仅是一个以精神建设为主事的追求，而秦始皇遍地甚或遍海寻找的一样东西，就是长生不老之药，他以为有了那个东西，就可以保住性命身体这个东西。物质上的，好求又难求。但这也是国家工程，关系到世代皇权的延续。在当时，丹砂几乎就是“不死之药”，是炼丹的不可或缺之物。巴清祖传经营，无论是规模还是经验，是无人替代的。为此，秦始皇对巴清倍加尊重，这也在情理之中。

至于秦始皇礼待巴清，有人认为，是出于政治军事因素的考虑。公元前316年，秦国定巴蜀，巴蜀正位于秦国与楚国的交界地带，成为秦国完成统一大业的战略要地。为此，需要地方豪强支持。巴清“用财自卫，不见侵犯”。实际上，还可以理解为，据称巴清“僮仆千人”，家财之多约合白银八亿两，又有赤金五百八十万两等。拥有这样强大的私人武装，是为了维护自身家产不受各种暴力威胁，确保庞大的商业活动安全。

同时，家乡一方秩序稳定，防止匪患猖獗，也是很需要有比较强的武装力量。

而这些正是秦国完成统一大业，在政治军事上可以利用的势力代表。尤其是秦始皇执政后统一战争进入关键时期，对巴渝地区实行优宠政策，允许他们拥有产业和私人武装，这受到当地豪强拥护。日本学者中井积德认为“虽称始皇帝，而是事盖在未并吞之时，故军兴有资于其力也，非徒嘉其富厚”。这个看法，是很有见地的。

巴清作为女商人，在那个战乱年代经商是很不容易的，其巨额财富的支出，也尽显了民间愿望。我在朱砂古镇采访，谈论巴清几乎是一路的话题。那么后来，她怎么样了？

秦始皇统一六国后，为加强专制统治，地方豪强的私人武器一律收缴，还先后有四次大规模的人口迁徙，明确记载的至少四十万户，其中大部分是为了充实边境，另外“徙天下豪富于咸阳十二万户”，把这些富人迁至咸阳，在严密的中央控制之下，不能产生异心，更不能有异动。有钱能使鬼推磨，秦始皇防患于未然的心思自然是很重的，把那些占有大量财富的人，纠集势力企图复辟的可能性降到最低。巴清概莫能外，所以巴寡妇清客死咸阳。

巴清事迹除载于《史记》外，《一统志》《括地志》《地舆志》《舆地纪胜》《州府志》等也多有记录。

女怀清台

巴寡妇清比秦始皇大了十几岁，她见到秦始皇时，已六十多岁。

在正史中，与秦始皇有关的有身份记载的女性共有三位，除了秦始皇的生母外，还有湘水女神和巴寡妇清。中国历史上有九个大一统王朝，强悍的帝王也不在少数。但强悍到敢惩罚神仙的，则只有秦始皇一个。他所惩罚的对象就是湘水女神。

始皇求仙问药，追求长生不老，但同时一不如意就惩罚神仙。据《秦始皇本纪》记载：秦始皇过湘江，湘水之上起大风，无法通行。始皇大怒，问礼官负责居于湘水的是哪个神仙。礼官回答：是舜的妻子娥皇和女英，她们居住在湘山上。于是始皇下令征发三千囚徒砍光了湘山上的树木，整座山被染成赭色。

可是，对巴寡妇清，贞节之妇，始皇却颇多柔情，赞许有加。东汉著名史学家班固在《汉书》中说："巴寡妇清，其先得丹穴，而擅其利数世，家亦不訾。清寡妇能守其业，用财自卫，人不敢犯。始皇以为贞妇而客之，为筑女怀清台。"这个记载前半段是沿袭《史记》的说法，后部分则指出了秦始皇筑台的缘由。

贞妇，从一而终者，即使夫死也坚守不再改嫁。这是传统礼的内容之一。《礼记·丧服四制》云："礼以治之，义以正之，孝子、弟弟、贞妇，皆可得而察。"巴清的丈夫是谁，几乎无史可考。巴清终身守寡，是一开始就奔着要做贞妇去的，还是另有原因？因为在宋以前，女子贞节观念在社会上并不是很流行，生活中有多样的情况，民间也不可能严格按着"礼"来。只是程朱理学提出"存天理、灭人欲"的道德目标以后，女子的言行举止就受到多重限制。总之，巴清最终没有再嫁，也算是一个奇女子了。

明末复社文人金俊明在《读史》诗中认为："丹穴传訾世莫争，用财为卫守能贞。祖龙势力倾天下，犹筑高台礼妇清。"这诗作得有侠气，是站在巴清这一边的，也似乎在说秦始皇筑台，是看到了她的财产为国家所用，也是看到了她的贞妇的一面，故此表彰她对国家和社会的贡献。在中国历史上，皇帝为表彰一个女子而筑台纪念，是秦始皇的独创。

这固然是一种看法，但也有认为秦始皇树立贞妇榜样，是综合原因，与他身边家事有关，是内心痛恨的结果。

先秦女子性乱之风，秦宣太后和秦始皇生母皆是代表。秦始皇嬴政十三岁即位为秦王，太后与丞相吕不韦专权，淫乱宫闱，后又与情夫嫪毐生下两个私生子。这与巴寡妇清的守贞和刚正形成鲜明对比。

秦始皇对生母的感情生活一直耿耿于怀。伤痛到极点，则深有痛恨。嫪毐和秦皇太后坠入爱河后，其权势越来越大，竟然与邦相吕不韦争权夺位，且公然以嬴政假父自居，最后竟然拥兵反叛。于是，始皇以此为由，将嫪毐五马分尸，并诛其三族，把嫪毐门客数千人流放至蜀地。同时，尽杀太后所生两子，囚太后于偏宫。

秦始皇出手确实狠而快。有一种观点认为，嫪毐反叛，不是冲着秦始皇去的，而是与之形成对立的吕不韦。于是，吕不韦借刀杀人，暗中派人将嫪毐是假宦官，并与太后有私的事情告知秦始皇。想必嫪毐私通和争权都应该是被灭掉的理由。

这期间有大臣为太后说情，秦始皇大怒，下令："敢以太后事谏者，戮而杀之。"尽管如此，仍有大胆者站出来，始皇非但不听，先后将进谏的二十七位大臣砍下四肢，把头颅高悬于市，以示羞辱。以后，又架起滚开的油锅，以推下去相威胁，阻止说情者。

还就是有亢直之士，继续冒死进谏。齐国人茅焦说："陛下车裂假父，有嫉妬之心；囊扑两弟，有不慈之名；迁母咸阳，有不孝之行；蒺藜谏士，有桀纣之治。天下闻之，尽瓦解，无向秦者。臣窃恐秦亡，为陛下危之。"始皇这样做，是有悖孝道的，更有损秦国形象。

以上情节都是历史记载。我总在想，有这么多敢于迎着死亡劝谏的大臣，是不是也说明，在平时，始皇还是听得进别人意见的，不是愤怒到极点，谁会轻易疯狂，那成本和后果都是令人震惊的。所以，发了一阵威，情绪稍许缓解以后，他还是有些悔意，把母亲接回了甘泉宫。

秦始皇就曾在泰山、会稽等地刻石提倡贞节，并主张“防隔内外，禁止淫佚，男女洁诚”。他刻意抬出“贞”表彰巴寡妇清，深寓讽刺之意。

但并不仅仅如此，明朝王世贞曾说：“昔者秦皇帝盖客巴寡妇清云，传称清寡妇饶财，财能用自卫，不见侵，天子尊礼之，制诏有司筑女怀清台。夫秦何以客巴妇为也？妇行坚至兼丈夫任难矣。客之志风也，此其意独为右赀殖乎哉？”这里指出了秦始皇的褒奖，不仅仅因其产业致富投身国家，还在于对妇女志行坚毅，能够承担丈夫之重任的一种肯定和鼓励，是给社会立个标杆，即所谓志风。

据史料记载，巴清在咸阳病故后，秦始皇遵照其生前遗愿，命人将她的遗体护送回家乡，葬于巴郡枳邑青台山，即四川长寿县江南镇龙寨山，并为她修筑怀清台。

据说，1942年秋，郭沫若与卫聚贤曾专程赴长寿龙寨山女怀清台遗址考察，并建议当地政府筹资修整女怀清台。

不要温顺地走入良宵

一个古代的女人要成功，首先要从深闺里走出来，那当然不是迈出大门二门那么简单，需要冲破的是封建牢笼，然后，才能站到和男人同样的平台上竞争。所以，巴清的优秀和成功，必然是经历了无数艰辛和努力历练的结果。朋友小芜从中受到的鼓励是，巴清首先是戒掉了情绪甚至情感。她能从这样一个角度看问题，肯定与自己当下的心境有关，并干脆陪我再赴万山，我是为了采访，她是想换心情，沾点巴清的神智。

我们行走在朱砂古镇蜿蜒的山路和矿洞遗址中，感悟着这里的山川风物。

丈夫在世时，巴清是专职的少奶奶，藏在绣楼中养尊处优，从不过问生意上的事，只是上品的丹砂晶体美艳绝伦，和所有喜欢首饰的女性一样，她也天然地喜欢。同时，刚刚开采出来的丹砂，大多混杂着石质，最基本的一道工序，便是要将石质除去。除去石质的丹砂，会被劈成一片一片光滑的薄片，如同铜镜一般，丈夫告诉她，这样的丹砂叫劈砂或片砂，巴清喜欢叫它们镜面砂。而那些劈成更小的片及颗粒，光泽更加鲜艳，惹人喜爱。同时，对于丹砂，年轻的她很好奇，就经常让丈夫跟她讲丹砂的故事。仅此而已。

旦夕祸福，丈夫的离世，让巴清在悲伤中久久不能自拔，但现实是残酷的，家族千头万绪的庞大生意已摆在面前，她必须从噩梦中振作起来。从深闺中走出来，巴清第一次与购买丹砂的商人见面时，没说上几句话，脸已绯红。当商人与巴清讨价还价时，她更是恨不得逃离。这一单生意是做成了，但是几乎没有利润。

一次两次，全面介入生意后，她感到很紧迫，因为自己要学习的经商之道太多了。守不住江山，家族的生意就会败落在她手上，更重要的是，她何以兑现丈夫的重托？

就这样，她强制自己把时间分割成块，白天全力以赴投入生意，夜深人静时，她允许自己悲伤一下，因为这样也许可以延伸到梦里见到夫君，她哄着自己熬过最悲伤的时日。

一次，她听人说，在战争期间，很多人四处抢夺金银珠宝，有一个生意人，却在家里挖了许多地窖，囤满粮食。战争结束后，土地多已荒芜，一时间粮食成为稀缺商品，价格一涨再涨。那个生意人赚了个盆满钵满，然后用赚来的钱大量购进土地和牲畜，成为大财主、地主。战争对大多数人来说本是灾难，可是灾难中竟然也是含着商机的。巴清从中受到启发，她在思考自家的丹砂生意到底应该怎么做。

当时，开采和加工技术都很落后，市面上高品质的丹砂很难得，尤其是贡砂，是有钱人追逐的上品，因为这是制作颜料和炼制丹药的必用品。

能够生产贡砂的，只有巴清一家。连续三年，巴清把自家矿山生产的贡砂全部封存，待市场上为数不多的贡砂消耗殆尽时，一砂难求，那些需要的人自然愿意花高出几倍的价钱来买。手下人已按捺不住，劝巴清出货。巴清却不着急，她还在静静等待，直到价格已蹿升了十多倍，她才拿出少量贡砂出售，一点点放货。因为她知道，如果市面上贡砂数量骤增，价格立即就会下跌。就这样，她耐住性子，以饥饿销售法高价卖出了几年囤下的贡砂，财富倍增。

这样的例子有很多，灵性悟性耐性把一个深闺中的女子打磨成了著称于世的大商人。同为女性，古代的巴清都没有把自己荒废在小情小爱上，小芫说，她来到万山，接受了关于巴清的大量信息后，为自己感到羞愧。

第二天一早，小芫一直拉着我再次来到仙女石前。穿着一袭白色连衣裙的她，神情突然变得凝重。她递给我几页纸说：这几页日记上面记录了我一段时间来所过的没有尊严的生活。

然后默默站在仙女石前，注视着远方。

我看见那纸页上的内容是这样的：

……现在是晚八点，我挺直在电脑前的脖颈酸疼麻木，转头望向窗外，对面的酒店窗子闪烁着昏黄的灯光，酒店对面的三里屯却通明如白昼，华美绚丽。正是晚饭后，这里是过夜生活的人们转场之地。三里屯位于北京的CBD商圈范围，虽然地处最繁华的东三环内，因是使馆区，周围五星级酒店林立，相对而言，白天其实是寂静的。夜晚来临，这里却立即生动喧腾起来。

脚步匆匆的人想必是牛马转世，我也是其中之一，跑步生活当然是工作需要，更重要的，只有忙晕在工作中，我的痛苦也许才减轻一点点。挤地铁是跑步生活的序曲，过去两三趟上不去车也是常态，比如今天早晨，我瞅准车门口一个胖人和一个瘦子之间的小缝隙，憋足一口气，稳准巧地把自己团着塞进去。多年来，因开车每天路上至少要耗去三个小时，停车位也难找。所以，我的主要交通工具是地铁一号线，这也是北京最拥挤的一条线路，我早已练出了猫一样的缩骨术。很早以前，我也曾优雅地等下一趟，事实是，高峰时间，哪一趟都差不多能把人挤碎。放下身段，早把自己运到办公桌前是真理。仓促间，我踩到了一只肉乎乎的肥脚，赶紧道歉：对不起，我必须上去。被踩的人说了句：快上。一大早遇到这么善意的情节，运气不错。

……这一刻，被窗外的生活感染，我决定下楼吃午饭，是的，中午饭还没吃呢，完全没食欲，我对自己的心心念念感到憎恶。

在土耳其妈妈餐馆里强行吃了一点后，放慢脚步返回，我看见自己工作的大楼下，何时多了上岛咖啡、木屋烧烤等，很是热闹的。可平时，早上匆匆钻出地铁上班，晚上匆匆钻进地铁回家，竟从没认真观察过我工作了十年的周边环境，连一个名字都叫不上来。还有单位的北侧就是著名的燕莎商场，还有农展馆。说到燕莎，时年流行的北京四大傻：一傻手机戴皮套，二傻吃饭点龙虾，三傻购物去燕莎，四傻饭后去卡拉。显然是讽刺土豪之意，但也从另一个角度说明燕莎的东西价格昂贵。一个朋友却说她经常来燕莎淘货，因为燕莎的东西基本都是牌子，换季时小钱也能买到品牌。这样的地方我竟都没有去过。还有农展馆，时常有各种展出，有朋友千里迢迢来这里观展，吃惊于我竟然没有进去过。

由西向东走过桥下，这个三环上的桥跨度很大，不紧着捯步，一个绿灯很难走到对面去，此刻，我便急促地走着，想抢着绿灯走过马路，也许因心不在焉，两只脚竟然同时踩进了一个丢弃在路上的捆纸箱的硬塑料绳套里，我狠狠地摔了一跤，右脸颧骨、双手、膝盖全擦破了，有血渗出……

好痛，我狼狈地走着，眼泪也混杂在脸上，还好，几处的疼加起来，没有超过心的痛……

奇怪，这一刻，我茫然不知所措的大脑里却突然冒出美国诗人狄兰·托马斯那首《不要温顺地走入良宵》的诗句：

我把脑袋埋在美国的沙漠中
就像一只潮湿而喧嚣的鸟
声名隆隆，虚度光阴
而家乡在燃烧

随身携带一刻不离的是我未写完的信件

那是我临死之前的解释和自我指控……

托马斯是一个有着宏阔浪漫主义风格的诗人，诗歌使他声名赫赫，被邀请到各地演讲，足迹遍布整个国家，他受到宴请，参加各种派对，被挽留，这些行程充满压力和谄媚，既伤身又动情，既孤独又上瘾。这首诗就是他第四次美国巡回之旅时的灵感迸发。

托马斯声名隆隆了，还因虚度光阴而指控自己，正是说明他那桀骜不驯的灵魂不是为舒适的生活而造就的。最要命的是，他尖锐地说：不要温顺地走进良宵……

也许，更残酷的真理是：女人，不要温顺地走进良宵……

因为，巴清也证明了这一点。

我受点小惊，没想到小芜的日记闪烁着如此才华。她会意地从我手里接过那几页纸，一点点撕成碎片，丢进深不见底的悬崖，仿佛也把那个带给她痛苦的人，一段摔得鼻青脸肿的生活和不堪回首的往事一同丢弃。这一刻，不知她内心是否也同步完成了精神整合置换，放下坏人坏事的同时，也放过自己。

小情大意

夜色将阑，素手过处，眉间便多了朱砂一抹，女人以点在眉间为美，娇艳如花，却终是一声轻叹，夜长难消，命运多舛。

两军阵前，泰阿东指，他撕开战国烽烟，神州铁蹄踏遍，尸骨如山，千古一帝的声名之下，血流成河泣诉生灵涂炭，君王剑下血。

这一抹红，终是象征着生生不息的文明传承。

政治上，巴女清为秦始皇提供了稳定社会风气的典范，经济上则是实实在在的真金白银的援助，如此一来便不难理解秦始皇对巴女清的推崇。

尘埃落定。史籍上仅存的只言片语之中，我们所能看到的巴女清更近似于一个符号，一个封建制度下完美女人的符号，也正因如此，后人对她的形象塑造近乎神话，这点从朱砂古镇若隐若现的痕迹，尤其那悬崖上的神奇石像上也不难看出。如果巴女清能够再在军事上有所建树，那么她简直就变成了中国的圣女贞德，当然巴女清与圣女贞德还是有着根本的区别。贞德被当时的法国当政者排斥，最后更是以壮烈的悲剧收场。而巴女清的人生则显然平顺得多，她“家亦不訾”，甚至“善其利数世”，不仅自己享尽了荣华富贵，还福泽他人和后世。

在我的脑海中，巴女清形成了一个女强人的形象，她还是一个有理想追求的女强人。在战国末年那样的社会环境下，守寡还并未成为社会舆论下的道德标准，女人丧夫之后再嫁，可谓理所当然。那么巴女清为何终其一生尊奉这一标准？存在各种可能性，战国末年是个怎样的时代呢？自春秋以来，华夏大地上百家争鸣，众多思想流派百花齐放，是一个思想空前自由，创造力极其旺盛的时期。而战国，顾名思义是以齐楚燕韩赵魏秦七家为主，群雄并起，诸侯纷争的时代。秦国独大，公子嬴政上位以后，更是发动了统一各诸侯国的战争。

乱世之际，男人自然是历史舞台上的主角。杀伐，博弈，抑或是为道舍身，在史籍中我们见到了一段由男人们演绎的精彩篇章。然而，女人们的身影似乎显得很苍白，那个时候的女人是怎样的生存状态，仔细盘点一番，会发现能在青史留下一笔的女人并不多。

西施、褒姒、夏姬……

这几位在历史上留下了名姓的女子，有一个共性，那就是她们之所以会被记录，都是因为参与到了某一段历史事件之中，而在这些历史事件之中的她们，又都是作为男人的附庸而存在。也就是说，这些女性，更多是男人之间的博弈之中的配角，很多时候甚至是政治牺牲品。有着独立人格魅力的女子，鲜少提到。当然也有这样的女子存在，比如孟母三迁中的孟母，以及为救丈夫而哭倒长城的孟姜女，孟姜女虽是传说，但也透出当时人的一种取向。这样有着独特、鲜明人格魅力的女子，在任何时代都是存在的，被流传下来的只是极少数。

从那时甚至更早，中国就进入了男权社会。在那样一种社会形态下，巴女清的存在就显得弥足珍贵。作为农业封建社会制度早期的女企业家，巴女清的发家史充满了神秘色彩。“得丹穴”是指首先发现了汞矿，还是发明了汞矿的开采方法？对此我们需要更多的历史资料才能完全断定。而无论是哪一种，在当时都是对社会进步有着巨大贡献的。这样的贡献出自一位弱女子，就更加令人赞叹。

地下长城

第三章 红萼有芳意

传统社会的文化，是传统文化。虽然我们已经身在现代国家，但悠久的国度，传统多见。尤其是走进朱砂古镇地上地下文化遗存观览时，更可以感受传统与现代的碰撞和交融。

对朱砂文化的解释和描述，既要面向传统，体现民族审美意味，又要面向生活，感受时代发展气息。尤其是后者，把时代的经验、情感和想象转化为朱砂文化蕴藏，并在悄然的社会律动深处，培植未来的意义甚至永恒存在的理由。

有学者提出世界文化的三极概念，如果说二十世纪前主导世界文明进程的欧洲文化，以及二十世纪后崛起的美国当代文化形态，为世界文化的两个极，那么中国文化则可称为世界文化的第三极。

如此划分的依据，在于中国文化艺术有大的体量、有长的时段，是个性十足和最具生命力的文化艺术体系。由此产生的文化差异魅力，为不同人群和不同文化所吸引。

中国文化在固定的核心要素之内，一直不断地变化和衍生，直至形成巩固的、被人们认同遵守的、代代相传的价值取向，以及由此生成的民族精神。

只有根植中国的土壤，才能成为真正的文化主流。中国传统文化是学问的研究对象，而国学是学问的一种形态。我们不仅依托朱砂古镇，生动地展示传统文化，显示中国文化的自觉意识，而且应以研究国学的态度，创造性地讲述朱砂文化，提升中国文化的主体意识。

重金征集的下联

在朱砂古镇的朱砂大观园前，立着一处牌坊，左侧写着一行字：来到万山走遍万山放下万山。右边空白，上面却有一行小字，是一则征联启事，声明重金征集下联，若被选中者奖金十万元。再看落款的时间，已经两年多了。

这是一个多字联。很明显，这是景区宣传的一种策划，通过征集对联，让更多的游客知道万山，走进万山。当初出上联的人是否心中早有答案，不得而知。至于十万元的奖金，是否真的要发放出来，也不得而知。但我相信，每一位来到这里的游客，恐怕都会驻足片刻，在心里苦思冥想一番吧。

在名胜古迹的旅游中，少不了要看看对联，这是中国传统文化。2005 年，国务院把楹联习俗列为第一批国家非物质文化遗产名录。

对联，又称楹联或对子。对联之所以具有文学性，是因为它讲究对仗工整，一字一音，平仄协调。另外，除要求上下联字数相等外，还要求句法相似，比如句式相当、词类相同、结构相应等。

对联讲究随机性，仅仅是灵感的一闪，考验的就是临场发挥。文人骚客的才华显露，政治家的斗智斗勇，迫对方于墙角旮旯儿之下，其意味深长妙不可语。

我想，对联之所以受到重视，甚至作为学术的课题研究，不仅是文学的一种表现形式，而且在于其中“太极生两仪”的哲学玄思。

一阴一阳之谓道。以阴阳二元观念去把握事物，是中国传统思维方式。正所谓天地合而万物生，阴阳合而变化起。阴与阳相互对称、相互作用、相互转化，生动阐释了世界万事万物的生成、变化和发展之原有，巧妙叩开了自然界和人类社会的生机盎然、波澜壮阔之机枢。

对联的思维活动，是对传统文化的温习，也是对现代思维的反思。它既是一种规范思维的训练，也是一种事物观察的考验；既善于从相同事物中归纳道理，又能够从对立事物中寻找特性。而更高层次的思维，则是从相同事物中追问差异，从对立事物中牵出共同。此时，我好像看见老子的身影，他分明说了一句：万物负阴而抱阳，冲气以为和。

万山区位于武陵山脉向湘西丘陵过渡地带，这就决定了万山人的性格兼具了非典型性的两面性。其文化的代表就是朱砂文化和鼟锣文化的同存。

黄道侗族乡有鼟锣艺术之乡的称号。在朱砂古镇，我看了一回侗族鼟锣艺术表演，打锣的拍子，击鼓的节奏，交错变化，和谐整齐，还能各种拟声击打，诙谐幽默，场面极具感染力。

鼟字，有比赛的意思。当地人告诉我，打锣比赛有规模才够气势，那时锣、鼓、钹、唢呐、长号一起上场，奋发激昂，团结一致，有气吞山河之势。

黄道侗族乡位于出黔入湘的交通枢纽，是万山区的东大门。据说，在古代，这里一直是军队驻扎的地方。可能敲锣击鼓，最初多用于军事战争吧。也有人说，村寨依山傍水，丛林密灌，常有野兽出没，用铜锣开道，以壮声色，还是很有必要的。以后，它从实用性发展为娱乐性，有闹年锣、喜庆锣、敬神还愿锣、辞诵锣等。

朱砂文化和鼟锣文化构成了万山文化艺术的二元结构：一个是沉谧静穆的状态，显现了写实主义的直观浸染；另一个是活泼飞跃的生命，包含了浪漫主义的热情奔放。

如果有谁从这个方面想一想对联的创作，是不是另辟蹊径呢？反正做对联总要想到事物的两面，才符合这种文学创作形式。

对联种类繁多，一下可以举出的，如婚联，寿联，挽联，交际联，名胜联，门联，职业联，堂联，宣传联，题赠联，杂感联，书画联，文艺联，寺庙联，庆贺联，学术联，趣巧联等。

朱砂大观园前牌坊上的这个上联，显然是名胜联的起始。它是以万山为题，分别用走进、看遍、放下三个递进的词语，写出了游客来到万山游览的过程。那么如何对出下联呢？我想到了曾经游览杭州的千岛湖，那么用“来到千岛，畅游千岛，带上千岛”怎么样呢？用千岛对万山，带上千岛的意思是带上千岛湖的水或者千岛湖的鱼。不过，既然是名胜联，就不应该离开本地的风景，否则再好，也是坏了规矩的。

“追寻汞都，感悟汞都，释然汞都”怎么样呢？万山曾经是千年汞都，如今开采场地关闭了，而朱砂古镇的出现，是一个真正的华丽转身，它让这个地方焕发了生机，以崭新的面貌呈现在世人眼中。人们来到这里，追寻过去的汞都，面对眼前的青山绿水，感悟共度的今夕，最后在朱砂古镇的新面貌中释然，为眼前的美景所陶醉。可仔细想来，又觉得不是太工整。于是我暂时放下心思，走进朱砂大观园里参观。

很快，我被朱砂大观园里墙上挂满的书法、绘画和陈列的有关朱砂的物件吸引，完全走入了朱砂的世界，感叹于朱砂文化的神秘传奇和博大精深，我的心被深深地震撼了。一时间完全忘记了外面的那副上联。来到一楼，琳琅满目的朱砂工艺品又让我蠢蠢欲动，在店员的热情介绍下，我挑选了一个美丽的朱砂挂件，爽快地付了款，开心地走出朱砂大观园。

回头的一瞬间，我又看到了那副孤单悬挂的上联。

关于重金征集对联的事此刻我并不当真，难道真的就能因为一行对联获得一笔奖金不成？就让那下联永远地空白着吧。莎士比亚说过，一万个人眼中有一万个哈姆雷特。或许，真正的最好的下联就在每一位来到万山的游客心中。

万山的人说，虽然现在贵州汞矿关闭了，但不是说，万山

象鼻山

汞资源就枯竭了，仍然有尚未开采和新发现的矿床。

本来，我原来就不相信什么彻底枯竭的说法。要知道原有资料显示，我国有四大成矿带，最南边的一条是从四川、重庆的东南到湖南西部，由广西之北到贵州全境，再至云南蒙自，东西长七百公里、宽一百余公里，这是一个汞矿化十分普遍的成矿带。万山就是这条汞矿带中的最富集地段。万物生长，朱砂这么有灵性之物，亿万年长成，不会那么容易枯竭。也许那条红色的矿龙见首不见尾，肯定潜入更深处了。

《易经》云：潜龙勿用。

色赤通心

玉石玩器握在手有清凉之感，而朱砂饰品贴身则存温暖之气。朱砂有很多的雅名，如日精、太阳、赤帝髓等，就是源自朱砂的特点而浮想联翩得出。《神农本草经》说丹砂赤色得火之象。在中国古代文化中，因朱砂呈红色，被认为瑞应火德。朱砂是纯阳之体，且有极强阳气的磁场，吸收天地之正气，百邪不侵，阴性物遇之无不避走。有人做过实验，因为蚊子的阴气重，如果在家里放上朱砂就会避免蚊子叮咬。

挺有意思的，可以试一下。我想，人们赋予朱砂的一些神奇功能早已超越了它作为一种矿石的边界，有些甚至成为自然科学领域无法解释的现象，这也是可以理解的。

小时候，我总是缠着姥姥讲故事，又因为姥姥会讲很多故事，就感觉她老人家身上有很神秘的东西。现在想，这是不是因为她常年挂着一块朱砂产生的感觉呢。记忆中，姥姥常常将双手放在脖颈后，一撸一扯细绳，挂在前颈上的吊坠就可以被姥姥高高举过头顶了。

这是一块花生粒大小的朱砂晶体吊坠首饰，呈不规则形状，表面看上去，有重量，光滑细腻，关键是它的颜色，是那种被薄雾笼罩包裹住的急吼吼的大红色，那种华美呼之欲出。

朱砂晶体的颜色是天地孤本，独一无二，我从没有在其他物件上见过这种红色。原来，姥姥高高举过头顶，往往是在天气晴朗之时，在明亮的阳光照耀下，那明晃晃的红色仿佛褪去了薄雾，耀眼璀璨，光芒四射，那光芒是自内到外散发而出 。

在吃饱穿暖都困难的年代，不知那块小小的朱砂给姥姥带来了多少愉快。至今，姥姥高高举起她的宝贝，把玩许久又轻轻放下的画面一直定格在我的记忆中。

朱砂古镇的朱砂大观园，是全国首家集朱砂工艺品展示展销、宣传推介和集散交易为一体的综合服务中心，占地面积一千多平方米，产品种类齐全。朱砂可以分为七大类形态，朱砂粉末和粉压制朱砂是其中的两种。大红色的朱砂粉末，是我国传统绘画中重要的红色颜料，直接涂饰在器物上，鲜艳而古朴。而粉压制朱砂就需要用一番功夫了，首先从天然朱砂原矿中提炼出100%纯度的朱砂粉，再加入少量琥珀粉用以塑形，然后通过表面抛光、打磨、雕琢等工序，就能得到硬度高、耐磕碰的朱砂坯胎。

对于朱砂矿石，在加工除去石质后，对朱砂作不同方法的切割，朱砂可以有多种形象的名称，如斜方形或长条形片状的镜面砂，小碎片状或颗粒状的朱宝砂，珠粒的豆瓣砂等。还有一种由水银加硫化汞而还原的无杂质的还原砂，经过打磨以后，在强光下细看，呈现有规律的细纹路，像飘着银丝，颜色也比较深，放在手掌上掂一掂，有明显的重量感。

鸡血石是朱砂形态中的另一种类。它因鲜红色似鸡血而得名，与享有盛名的天然宝石——寿山石、青田石、巴林石并列，享有中国四大国石的美称。据说，当朱砂（硫化汞）渗透到高岭石或地开石之中，经过长期融合，最后浑然一体，就是这种鸡血石。就是说，鸡血石与朱砂的主要成分都是硫化汞，只是朱砂的硫化汞含量更高些。鸡血石大多用于雕刻，其石色状分布没有规律，有时更能够发挥艺术家的想象，制作别出心裁、审美味道很浓的艺术品。

同时，朱砂有着与和田玉媲美的润泽，比翡翠鲜艳的色泽，却因为自身太多的用途，多被粉身碎骨，或炼成另一种形态的物质——汞。这是朱砂的幸运，也是朱砂的悲哀。

古罗马学者普西尼说的话很精彩：在宝石微小的空间里，包含整个壮丽的大自然，仅一颗宝石就足以展示天地万物之优美。拥有宝石，是很美好的事情，当然也象征着人生境遇的吉利。据说，有一家汽车运输公司，运输鸡血石二十多年，从没出过什么危险。这可能是心理暗示的效果。

朱砂颜色红润亮丽，永不褪色，被认为是正宗的辟邪圣品，如净宅镇宅、驱邪退怪、开光点睛，由此远离心悸神慌、失眠多梦、心火亢盛，自然就内心平静，无事平安。在民间，驱邪的万应之神钟馗穿的袍子就是用朱砂染成的。

有个朋友在聊到自己的家族历史时，讲到他的爷爷是地主，在那个特殊的年代经常被拉去游街挨斗。家人发现，在他睡觉的枕头底下，常年放着一个香囊，里边是一串朱砂手链，用来压惊安神的，还是家传。

这次到朱砂镇，也听到一个真实的故事。

黔南福泉寺那段国道，车祸频发，最严重的一次死过六十多人。当地一个姓杨的驾驶员，以跑长途货运为业，沿途的路很熟，闭着眼睛都能开到要去的地方。这天，他停车吃过午饭，小睡了一觉，养足精神继续前行。天快黑时，他突然发现面前明晃晃地出现两条路。不对呀，这里本来只有一条路。贵州多为山区，修路成本高，加上这一段没有那么大的运力需求，怎么会突然冒出一条平行的国道，他心里一阵嘀咕。

他感到胸口跳得厉害，揉揉眼睛，踩住刹车。下意识地，他拿出那块朱砂护身符，对着车窗外晃了晃。据老司机讲这种辟邪方法是很灵的。

只一瞬间，眼前的两条路就消失了一条。这位杨驾驶员心细，一再确认后，才放下心继续前行。其实这里只有一条路，并行的右边是很深的一条沟壑崖壁。

美好的物件，自然会带给人一份好心情，继而生发笃定的气息，以物寄情。我想，其根本还是借助朱砂实物，得到正气的暗示和默默的助力。摄乱以定，辟邪以律，定是一种心理作用。

那红 散落在街区

有人因为最纯正的朱砂出自中国，因此把朱砂红叫中国红。在朱砂古镇，我不仅见证了中国红的源头，而且感受到了红色文化的浓郁氛围。我不知道是朱砂的红色影响了国人的审美和信仰，还是国人的审美和信仰与朱砂的红色自然结合到了一起，追本溯源可以发现，中国人的红色情结与生俱来，它流动在民族的血脉里，根植在民族基因中。

可以沿着大道或小道，从不同方向进入朱砂古镇的街区。这里有各样经营的店铺，那般的自然信息和人文风俗，都在伙计的吆喝中泄露出来，有的被老板直接写在产品的货架上。

万山朱砂比重大、色泽鲜红、半透明和带有宝石光泽；万山朱砂是多姿态的，单晶、双晶和晶族相融，并以晶体之大著称于世，细细地端详和品味朱砂，你会有一种豪迈荡然于胸。

全国首家面积超过一千平方米的朱砂展销中心已经运营，朱砂物流中心等这些企业，已经成为朱砂古镇的亮点，而且他们对接网络技术，使企业建立之初就吸纳了时代气息。

我想，文化与商业紧密融合，是一个可以作深层次探讨的大课题。在很多发达国家，早已是一个经济发展的动力和模式。例如，日本曾经提出，从经济大国转变为文化输出大国。日本的动漫产业是世界有名的。他们以本国文化为基调，在动漫风格、故事结构、形象设计等方面进行商业运作，全球播放的动漫作品中有六成以上出自日本，而且很赚钱，甚至成为比汽车工业还能赚的产业，是日本三大经济支柱产业之一。

在农耕时代，种土豆卖土豆；在工业时代，种土豆就要卖薯条；在信息时代呢？人家要什么就做什么。善于从多个角度认识文化在经济发展中的作用，把文化的经济价值做足。中国经济的发展有政治、社会和文化上的力量，而有文化因素的产品往往有很强的吸引力和感染力。

朱砂文化因其博大、精深、变化的内涵，以及丰富、多彩、多样的形式，使人们总不能心满意足地描述它的全景，故而有极大的挑战性。但是，万山人能够以自身足够的朱砂文化基因，使这个变量自身强大到可以读懂那个有灵活性、竞争性和激励作用特征的市场经济。

当地的一位老矿工告诉我，过去，万山当地人把朱砂从石头里砸出来卖朱砂的颗粒和粉末，就是稍有经营头脑的，也只是把大点的朱砂石当成奇石卖。现在，大家明白了。请人做成工艺品，或者自己上手，有一点的变化，就“工艺”了，卖出的价钱就不一样。

我在这里的博物馆看到的朱砂矿样品，被自然洗礼成就的朱砂矿，能强烈感觉到一种喷薄欲出的原初力量。以千年的万山朱砂为原料，可以开发多种多样的艺术品，从而使物质的形式审美，上升到精神层面上，直至抵达朱砂综合文化的实质内涵，这才是一个超越地域市场的宽阔视野。

现在，你走在朱砂古镇，要买一些朱砂工艺品，是很方便的。按当地人的话说，他们是以梵净山、万山矿山遗址开发为契机，以黔东丰厚的道家、佛家文化为基础，研发生产具有黔东魅力的特色产品。无论是地质变化的雕琢质朴，还是手工艺术，都会丰盈我们的心灵世界。民族的精神和灵魂，在文化里。民族最深层的精神积淀，也在文化里。朱砂古镇已经站在了一定高度。

文化是一种软实力，它与硬实力的结合，就会产生不可抗拒的力量。苹果公司联合创办人乔布斯曾经评价微软公司的产品，他说：微软唯一的问题就是他们没品位，没有一点品位。这并不是说小技术，而是说在宏观上没品位，他们没有原创，没有给自己的产品注入文化和细节。一个创办公司搞经营的人会从文化的角度审视产品，不能不说是高境界的，是出类拔萃的。2017年全球企业净利润排行榜上，苹果公司位居榜首。

文化的内涵丰富多彩，而对人性文化的关注，叫人似乎翻开了苹果公司成功的秘籍，培育细节意味着得到长远的市场回报。文化使产品有品位，有情趣，能够给人以亲近感，从而自觉自愿地接受产品。

第三编

——朱砂文化的五色炫耀——

第一章　帝王视下的朱砂

朱砂世界，使人仿佛走进一条神秘的红色河流中，它那炫目的颜色摄人心魂。追溯历史，无论帝王贵胄、文人士子，还是僧道巫祝、庶民工匠，在久远漫长的年代，都有参与寻丹、采丹、炼丹、服丹、释丹，也不乏沉迷幻觉而不能自拔者。

朱砂与许多帝王有着不解之缘，因为它带来长生不老的希冀，增添神秘威权和至高无上的感觉。生前，用朱红装点宫廷门楣。死后，用水银庇护埋藏的秘密。

朱砂让万山声名远播，让帝王割舍不下。我查遍史料，没有找到有关古代帝王来过万山的记载，纵使万山满目疮痍，采砂人身临绝境，帝王的奢望却未曾减弱。一小撮朱砂需要掘遍峻岭崇山，却也如白云轻轻一片。

朱砂是一种象征，耐人寻味、意境无穷：有富贵的象征，因为它珍贵；有光明的象征，因为它热烈；有吉祥的象征，因为它富有神性。它是把简单融为复杂的宝石，也是将深刻化为浅显的溶剂。诱人浮想联翩，使低落心绪变得意气风发，也能让意气风发变成无序妄为。

朱砂的赤心，是本真的、朴素的，而一切荣誉、荣华皆是人为。

迷恋丹药　出巡的算计

在中国历史人物中，秦始皇堪称知名度最高的一位。扫六合，决浮云，结束春秋战国时期诸侯纷争的局面，是一统华夏、开创大秦伟业的千古大帝，时年三十九岁。以后，他又推行了一系列维护和强化统一帝国的措施，废除封建制，实行郡县制，统一文字，统一货币、度量衡，书同文，车同轨，修筑万里长城等丰功伟绩，为后世提供了许多行之有效的、先进的制度模板。两千多年过去了，他的大手笔耳熟能详，他的暴政也一直被人诟病。在西方，有人将秦始皇与罗马帝王恺撒相提并论，比的是军事才能和政治家的气魄。恺撒是罗马帝国卓越的奠基者，一直被后人称颂。

司马迁《史记·秦始皇本纪》详细记载了秦始皇在公元前221年实现统一后，先后有五次大规模的出巡，除了西巡那一次，向东的四次皆有经过海滨。为帝十二年，秦始皇平均两年出巡一次。在第三次东巡刚出函谷关，便在三川郡博浪沙遭到行刺，那是亡我之心不死的旧韩国贵族张良与其结交的大力士，用一百二十斤大铁锤想一锤凿死仇人，可见出巡路之难之险。即便如此，也未能阻止秦始皇的车轮。要不是第五次巡游途中秦始皇因劳顿患病而死，还不知道始皇大帝何时叫停出巡的御驾呢？

先后五次出巡，秦始皇的足迹遍及神州大地，为什么这样频繁？历史的谜团引起后人诸多猜想。有曰，政治为先，“立刻石，颂秦德”。四次巡游均有刻石铭记大秦功业活动。泰山封禅，皇权神授。或曰，炫耀武功，震慑六国。凡出游必前呼后拥，文武官僚，车马仪仗，沿途宣示，长久地成为六国旧地的话题。或曰，寻求仙丹，想长生不老，永远把握帝国的权柄，与日月同辉。

始皇平定天下的前后，依靠武力和暴力达到自己目的，所招来的反对声音就没有停止过。这一点，秦始皇是深深明了的，但不惧怕。

除了旧韩国贵族张良行刺以外，还有文字记载的一次威胁性命的事件。据《史记·秦始皇本纪》描述：“三十六年秋，使者从关东夜过华阴平舒道，有人持璧遮使者曰：‘为吾遗滈池君’，因言曰：‘今年祖龙死’。”这是说，出使关东的使者回来的时候，有人塞给他一块玉璧，并说“今年祖龙死”。

祖龙者，即秦始皇也。这块玉璧是当年祭黄河使用的，它似乎暗示死亡一直跟踪着这位“国家元首”。但是，秦始皇仍然开始了第五次出巡。这一次他被人放在满是鲍鱼臭味的车上拉回咸阳时，已是离世很久的遗体了。

秦始皇的“行走”是经过精心设计和安排的。秦始皇想长生不死，偏要让“仇者”，让天下永远在他的“尚刑劳民”的帝国统治下。所以，其出巡的目的还有很多方面，比如，考察各地民情，整饬四方风俗等。但是，寻求长生不老之药，始终是秦始皇孜孜以求的。秦始皇出巡中大部分时间是在海滨度过的，这期间他接见了术士徐福，并听信了他的忽悠，命其率大批童男童女出海寻求仙山，去讨仙药。

秦始皇每一次出巡时间都不短，有的将近一年，路途遥远，千辛万苦。现在有学者认为，路途颠簸可能是其病死的原因之一。照此说法，秦始皇的身体并不强壮，所以，四处访仙人找仙药也是合情理的。当然，也有人认为，秦始皇的死与过量服食丹药有关。他到处寻找丹药，就不可能不服用，长期并过量使用，就会伤害身体。尤其是出巡期间，车马劳顿，抵抗力降低，导致秦始皇突然死亡也是有可能的。

这里还要说一说，关于那个宏伟壮丽的宫殿群，即1992年被联合国教科文组织实地考察后誉为“天下第一宫”的阿房宫的故事。它或许多少也与秦始皇寻找长生不老的丹药有关。

我想，阿房宫，它的真正含义应该是“阿房的宫”。

据《史记》记载，秦始皇的父亲子楚在赵国做人质时，娶了由商人吕不韦推荐的歌舞女赵姬。以后，子楚继承了秦国王位，就是秦庄襄王，赵姬生的孩子嬴政，就是后来的秦始皇。

秦始皇幼时在赵国生活并不富裕，老爸做人质，说明在本国也不怎么受待见。嬴政经常遭到别人辱骂甚至殴打，应该长身体的时候，却得不到关怀，体质自然不如别的孩子。

这时，有个神医叫夏无且，膝下有女，人称阿房，美丽善良，从小随父采药习医。她曾悉心照料被打的阿政，也少不了熬药照料，就这样，初恋的情感悄悄地降临了。

庄襄王去世后，年幼的太子嬴政继位为王，吕不韦为相邦，号称“仲父”，权倾天下。追根溯源，嬴政也算是曾经的大商人吕不韦投资出的皇帝。嬴政没有实权，他无力对抗相邦和母后。以后，阿房来秦国了。她是随父亲、师兄来采药的，为合成延年益寿不老丹之用。两人的重逢，并未给他们带来美好的时光，因为阿政受制于权臣的威胁与小人的拨弄，就连自己立心爱的女人为皇后亦无法如愿。为了不让阿政为难，阿房主动消失了。

据说，秦始皇一生迷恋炼丹，也不立皇后，都与这个阿房有关。而修建阿房宫，正是始皇对那段恋情的怀念。遗憾的是，它未竣工而秦朝已灭亡了。

这让我想到了被世人誉为“完美建筑”的印度泰姬陵。那是印度莫卧儿皇帝沙贾汗为纪念心爱的妃子穆塔兹·马哈尔而修建的。据说，爱妃仙逝，沙贾汗极度伤心，一夜之间悲伤得白了头。这座白色大理石的巨大陵墓清真寺，是来自欧洲的工匠花了二十多年打造的。时至今日，它已经超越了建筑美学的意义，成为世人心中对爱情的美好向往。

对修建于公元后一千多年的泰姬陵，印度诗人泰戈尔有一个凄美的比喻，说它是“永恒面颊上的一滴眼泪”。

阿房宫，修建于公元前的几百年，唐人杜牧在那篇《阿房宫赋》中写道：“使天下之人，不敢言而敢怒；独夫之心，日益骄固。戍卒叫，函谷举；楚人一炬，可怜焦土。呜呼！灭六国者，六国也，非秦也。”试图在说明的是一个政治问题。

当然，关于阿房宫的建筑名称，很多人有不同的说法。如因为并没有完成，阿房宫不是正式宫名，只是世人的俗称。如“阿房”是咸阳附近的一个地名或山的名字。如“阿”本义为高大的山，“房”与“旁”通，为广大的意思，故阿房宫应为“像山一样高大宽广”的宫。

从象征意义上说，我宁愿相信，那座阿房宫，就是嬴政的“阿房的宫”。

萤火虫

银光下的出身秘密

民间有丧堂歌云："濮蛮日夜忙匆匆，溪河淘砂去炼汞。淘砂炼汞何所用，帝王千秋陵寝中。"道出了万山朱砂被当作陪葬之物在帝王死后带入陵寝的史实。

《史记》是这样记载秦始皇地宫的："始皇初即位，穿治郦山，及并天下，天下徒送诣七十余万人，穿三泉，下铜而致椁，宫观百官奇器珍怪徙臧满之。令匠作机弩矢，有所穿近者辄射之。以水银为百川江河大海，机相灌输，上具天文，下具地理。以人鱼膏为烛，度不灭者久之。"

秦始皇十三岁那年，就是刚刚即位的时候，已经开始为自己的陵寝做准备了，前后修建三十九年。有数十万的徒役，开凿骊山，深挖地宫；用铜水浇筑棺椁，修造宫观，设置百官位次，把珍奇器物，珍宝怪石等摆放进去。为了确保地宫安全，还命令工匠制造机关弓弩，以射杀图谋不轨的靠近者。用水银做成百川江河湖海，用机器递相灌注输送，宫顶模拟天文，宫底装置地理；用人鱼膏做成蜡烛，以期长久不熄。

而《三秦记》更有形象的描绘，“始皇冢中，以夜光珠为日月，殿悬日月珠，昼夜光明”。在《汉书·贾山传》中还说到了秦始皇躺在棺椁中的豪华：“被以珠玉，饰以翡翠。”

在另一个世界里，万山朱砂变成了一派江河湖海，一只漂泊的小船承载着秦始皇的魂魄，寻找着可以歇脚的码头。

秦始皇陵是一座华丽的地下宫殿。它规模宏伟，埋藏丰富，你怎么想象都不为过，被称为世界第八大奇迹。

关于帝王喜爱朱砂并把朱砂作为陵寝陪葬之物，在秦始皇身上表现得最为突出，传说也最多。这位横扫六国，一统天下的帝王，为表彰自己的功德，体现人君的至高威权，从三皇五帝中各取一字，号为皇帝，同时把朕作为皇帝的自称，不许他人染指。

秦皇帝有所好，那些精通神仙之术，自称能与神仙交往的各路方士便蜂拥而至，卢生便是其中的一员。他抓住秦始皇求仙若渴的心理，巧舌如簧，鬼话连篇，直把秦始皇骗得神魂颠倒，卢生赚得大量金银财宝。

公元前212年，卢生又骗秦始皇说，我们寻找灵芝、奇药和仙人，却一直找不到，好像有什么东西伤害了它们。建议秦始皇要经常秘密出行，以便驱逐恶鬼，这样神仙真人才会出现。还向秦始皇描绘神仙的模样，称他们是“真人”，入水不会沾湿，入火不会烧伤，能够乘云驾雾，寿命与天地共长久。卢生提醒秦始皇说，现在陛下治理天下，还没有做到清净恬淡，希望陛下不要让人知道所住的宫殿，否则就会妨碍神仙的到来。这样，不死之药或可以找到。秦始皇颇为心动，自言道：我羡慕神仙真人，从今以后就叫真人，不再称朕了。

据专家估计，在秦始皇陵里大约有水银一百吨。为什么要放这么多水银呢？通常认为有三个可能：一是防止后人盗墓。《药性论》云："丹砂体中含汞，汞味本辛，故能杀虫"，"故谓其有大毒，若经伏火及一切烹炼，则毒等砒、硇，服之必毙"。汞有剧毒，在常温下也极易挥发，有敢闯入的盗墓者必死无疑。二是在地宫中弥漫的汞气体，求得身体不朽，魂魄不散；随葬品也可以保持长久不腐烂。三是营造恢宏的自然景观，在另一个世界里仍然是统治者。

可是，应该还有第四个和第五个原因。

对于秦始皇地宫"以水银为百川江河大海"，有中国地质调查研究院称，物探证明，秦陵地宫内存在明显的汞异常，而且汞分布为东南、西南强，东北、西北弱。如果以水银的分布代表江海的话，这正好与我国渤海、黄海的分布位置相符。

我想，秦始皇将大海勾画进自己的地宫，是对仙山神药的挽留。更为重要的是，也是第五个原因，就是对解开秦始皇出身之谜的暗示。

关于秦始皇的出生之谜，《史记》有两段记载，给出了两个不同的说法。在《秦始皇本纪》里，司马迁明确无误地告诉人们，秦始皇是秦庄襄王异人的儿子，出生在赵国邯郸，其母亲是赵姬。"秦始皇者，庄襄王子也。庄襄王为质子于赵，见吕不韦姬，悦尔取之，生始皇。以秦昭王四十八年，正月生于邯郸。”

而在《吕不韦列传》中，司马迁又隐晦地披露出，秦始皇是吕不韦的儿子。“吕不韦娶邯郸诸姬绝好善舞者与居，知有身。子楚从不韦饮，见而悦之，因起为寿，请之。吕不韦怒，念业已破家为子楚，欲以钓奇，乃遂献其姬。姬自匿有身，至大期时，生子政。子楚遂立姬为夫人。”赵姬原来是吕不韦的小妾，在怀上吕不韦的孩子后，吕不韦把她送给了异人。

吕不韦是战国末年卫国人，出身于商人世家。他往返于各地，靠贱买贵卖，赚取差价的手段积累了巨额财富，成为当时豪富。但富了，却在贵的方面不称意。他总感到自己的社会地位，不足以与拥有的财富相匹配。夜深人静时，吕不韦义正词严地指出了自己的“矮小”。明确了这一点后，当他再次到邯郸去做生意，见到秦国的人质异人后，眼前一亮，大喜，他当即作出判断，自己的短板若与此人的未来链接上，精心打造，何愁没有金光灿灿的大富大贵！按着自己的生意经计算，这“异人就像一件奇货，可以囤积居奇，以待高价售出”。乃奇货可居也。

看来诚信自古就是人类的头疼之事，为了钳制对方，春秋战国时期诞生了质子（人质）外交，到了风云四起、诸侯争霸的战国时代，质子事件成为一种十分普遍的现象，到两汉时期基本形成一种规制。质子源于诸侯之间的“纳质为押”，在《史记·六国年表》中经常可以看到“某太子质于某国”“某国使太子为质”“太子从某国归”等类似的字句。《说文解字》

曰：质，以物相赘。又云：赘，以物质钱，从敖贝。敖者，尤放贝当复取之也。字义的解释“质”最早指的是交换过程中物品的抵押行为，有时也泛指用作抵押的物品。而质子中的“质”指的是用来互相取信的人质，秦与各国交质尤多。这就有点像今天的留学生多去留学美国，美国是世界第一强国，虽然古今目标不同，却是美国地位的一种印证。

因母亲夏姬不受宠爱，异人作为秦国的人质，被打发到赵国，秦赵世仇，赵国并不礼遇异人，他生活困窘。吕不韦一见到异人，却双目放光，他看到了最大的商机。

立国之主必将获利最大化。吕不韦的这个灵机一动，不但改写了个人命运，也整个改写了历史。

此事有个桥段可谓经典。

吕不韦归家与父亲说：耕田可获利几倍呢？父亲说：十倍。

吕不韦又问：贩卖珠玉，获利几倍呢？父亲说：百倍。

吕不韦又问：立一个国家的君主，可获利几倍呢？父亲说：无数。

父子两个男人的对话就这样一锤定音，颠覆了一个朝代。

吕不韦先扔下五百两黄金给异人当零花钱，又花五百两黄金备下最奢华的礼物，去拜见当时的秦朝国君秦孝文王最宠爱的妃子华阳夫人。以“一千金”的成本价，经过一系列运作，果然打通关节，说服华阳夫人，帮助异人登上王位。做了谋国的大生意，赚了一个“国”的收益，实现了最盈利的投资模式。何等大手笔。

后来吕不韦也来到秦国，辅助秦始皇，成为秦国的相邦，被秦始皇尊称为仲父。

秦始皇的父亲到底是异人还是吕不韦，真相到底如何？历史学家众说纷纭，莫衷一是。有的对此深信不疑，也有的认为这是司马迁故布疑阵，发泄对秦始皇的不满。其实作为《史记》作者的司马迁，在一本书中对秦始皇这么重要的一位人物的出生，就给出两个不同的说法，作为能够用生命写出历史上最伟大著作的他，应该不会出现这样的疏忽。这本身就是一个谜。

几千年过去，这些深埋地下的水银是否还在流动？躺卧在水银之中的秦始皇这位真人，是否真的保留了他的不朽之身？吕不韦父子两个男人的对话会长久地在地宫里回荡吧。

如果有一天开启了地宫，是不是就会得到秦始皇出身的谜解。但一定不是明白表露的，而是在一系列的暗示指引下，让后人恍然大悟。因为秦始皇应是多么看重生父的智慧和魄力呀！

徐福身影万山一闪

把秦始皇从伟大的事业中带入虚无缥缈的幻想里，由此也成就了自己的不朽，寄生在一代帝王的肘下，并在古镇的街区留下后人的猜想。这个人就是大名鼎鼎的徐福。

在万山最古老的矿洞——黑洞子前，肃立着一个人物塑像，用汉白玉雕刻而成，身着秦朝风格的衣冠，昂首挺立，目视远方，这尊塑像是徐福。

历史上极具神秘色彩的徐福，怎么会被塑在万山呢？

最早记录徐福事迹的是《史记》，作为汉武帝时期太史令的司马迁，距离徐福东渡只有七八十年，所以各种记录文献应该存在，口头的传闻也一定延续着。就是说，司马迁与徐福年代相隔不很久远，不难翔实记述徐福事迹。

“齐人徐（福）等上书，言海中有三神山，仙人居之。请得斋戒，与童男女求之。于是，遣徐发童男女数千人，入海求仙人。”徐福曾经上书秦始皇，说海中有蓬莱、方丈、瀛洲三座仙山，上面有神仙居住，拥有长生不老之药。于是，秦始皇派徐福带三千童男童女东渡入海，寻找仙山。

徐福出海的动机，一直以来都有许多说法，大致包括寻找长生不老之药说、反抗秦朝暴政说、逃避秦始皇责难说等。寻找长生不老之药的说法最为普遍。而我更愿意认为，秦始皇秘密派徐福出海，并非为了寻找长生不老之药，而是为了开疆拓土。

公元前210年，徐福再度率众出海，来到一个叫平原广泽的地方。那里气候宜人，风光明媚，人民友善，徐福便停下来自立为王，教当地人农耕、捕鱼的方法，此后再也没有回到中国。他建立日本王朝，成为日本的第一个天皇——神武天皇。

还有一种说法是他在海上因遇大风浪而死。这些记载，只是出现在一些史书典故中，有关徐福最终下落的历史遗迹或者实据并没有。徐福的最终下落也是一个谜。

又为何说徐福和万山是有关系的？据有关资料记载，秦始皇在听到女商人巴清说万山朱砂天下第一后，曾两次派徐福由苏州到万山采砂炼丹。仙丹没有炼出，徐福却在炼丹过程中发现了制造火药的方法。以后，采用火药爆破之法开采朱砂，加速了朱砂的产出，提高了水银的产量。

徐福是炼丹士，对于炼丹有着十分的执着。不管徐福是不是忽悠秦始皇这世上有长生不老之药的，他本人一定是非常相信的。不仅徐福，古代的很多方士和道士，对于长生不老的说法都是相信的，行动上也是孜孜以求。万山对于炼丹士徐福来说，自有它不可抗拒的吸引力。朱砂是炼丹的主要原料，而且万山朱砂成色上乘，一心追求成功的徐福，不会放过任何机会，完成未竟的事业。

徐福的归宿不是在海上，而是在他到过的万山，我在这里听到了这一种民间的声音。当地有传说徐福其实是借出海为名，偷偷潜到了万山，并在此隐居下来炼丹。

当我独自漫步在朱砂古镇时，正值大雾。远望，群峰若隐若现在浓雾里，低头看脚下的山谷，深渊绝壁。近处，一座座有着鲜明历史印记的建筑，也在漫山的花草树木中隐现，古韵古境，让人仿佛置身在仙山之中。我越发相信徐福就隐居于此之说了。古代交通不便，万山的地理状况是崇山峻岭，大山小山千回百转连成片，茫茫无际，进出不易。而徐福作为鬼谷子的弟子，对师傅的隐藏行踪之术，当然深谙要领。于是，他运用灯下黑的智慧，假借出海之名，潜进万山，也创造了一出鬼谷子式的失踪之谜。所以人说，徐福的失踪，是鬼谷子师徒二人设定的一个局。其结果是显然的，一则逃避秦始皇的追杀，二则继续炼丹事业。

道教人物失踪是历史的一个归宿，因此更显得神秘。老子是道教的创始人，他骑着青牛一路西行，函谷关留下五千言《道德经》后，便飘然而去。鬼谷子，也是一位历史传说中神仙级的人物。他通天彻地、精通谋略，传说他一手执黑，一手执白，战国时期的诸国纷争不过是他自娱自乐的一盘棋局。许多的杰出人物，如苏秦、张仪、孙膑、庞涓、商鞅、李斯、吕不韦、白起、赵奢、李悝等，都是他教授出来的。如今市面上有《鬼谷子全集》，也被爱好者一直追捧。

徐福具有隐匿起来的动机和方法。如果徐福出海是为了躲避秦朝的暴政，逃避秦始皇对他的责罚的说法是真的，徐福明知道无法为秦始皇寻找到长生不老之药，他唯一的办法就是逃走，逃去海外当然是一个好办法。可徐福会冒这样的险吗？要知道当时的航海技术还是很不发达的，况且他带着那么多人一起出海，其中有秦始皇的心腹亲信吗？大海茫茫，前途未卜。徐福凭什么能够领导和控制这些人？

虚幻之下，有道理的真实。

现在，在铜仁市漾头镇有一个山庄，颇具明代遗风，住着六十多户人家，他们自称徐福的后裔。有人核对过相关族谱，认为这一分支是明嘉靖元年即公元1522年迁入贵州铜仁的。

可是，在他们迁来之前是不是留有徐福的后代呢？可以作这样的推测，外来迁入的一个分支，是得到原先在此居住的徐福后裔的消息后，携妻带子、肩扛车推，成群结伙到此会集。

徐福后裔的两个分支，最终会合到生产朱砂的铜仁地界，这是对一生追求丹药的祖先徐福最深沉的追忆呀！那时，他们肯定相互拥抱，说长叙幼，呼叔唤婶，最后大家点上香，在祖宗徐福的像前，叩头跪拜，祈愿祝福。

徐福的生命在这里延续，也隐隐地把一个故事世代流传下去。

光明砂

公元686年，当时世界上最为繁华的长安城笼罩在一片慌乱之中，瘟疫横行，灾难肆虐，犹如毒虫猛兽扑来。武皇太后无计可施，忧心如焚。

自唐高宗有眼疾，又一日重似一日，所以，处理朝廷政务就委托给武皇后了。公元683年高宗病逝后，“尊武后为皇太后，政事咸取决焉”。由于唐中宗李显年轻，没有临朝经验，所以国家大事往往由武皇太后作最后的决定。第二年，这位武皇太后就废掉中宗为庐陵王，另立中宗的弟弟豫王李旦为帝，这就是唐睿宗。此时的武皇太后已走到前台来了，开始临朝改制。就在这个节骨眼上闹上瘟疫，灾祸天降，是天怒人怨吗？武皇太后万分焦虑。

远在西南的牂牁王得知长安的情况后，心想，这正是讨好武皇太后的大好机会。于是，急召万山土司商议，看看有没有什么特别的办法，为武皇太后分忧。万山土司听明白牂牁王的意思后，便讲了一件刚刚发生的稀奇事。

敖寨中华山下有个村民，在山洞中寻得一件宝物，它的形状酷似山羊，通体鲜红，晶莹剔透。更巧的是，这个山羊的身体长宽高均为三寸三，正合九九之数。人们称之为朱砂羊。无论放在什么地方，红光时亮时暗，后来才知道它能够镇邪避妖，一旦有邪妖入犯，红光就越发强烈。

牂牁王一听，欣喜万分，于是慷慨地拿出百两黄金，交给土司，要他设法搞到这个朱砂羊。土司一边用手掂着黄金，一边用手在空中用力一劈，转身消失在后山了。

果不其然，朱砂羊弄到手了。牂牁王激动得心都快跳出胸腔了。他小心翼翼地把它包起来，放进盒子里，又挑选了几个身强力壮的人做保镖，一路快马奔驰，终于来到长安城下。牂牁王手捧宝盒，前呼后拥，就匆匆往含元宫奔来。

武则天见到那光泽艳丽的朱砂，满心喜悦。就在这时，有人来报，长安城的瘟疫制止住了，病人也都痊愈了。现在街上一片欢呼声。

没有几年，大概是公元690年，武后做完了一系列称帝准备，废掉了皇帝李旦，自己登上了皇位，改国号为周，定都洛阳。女皇武则天想起了那个大放光芒的朱砂羊，那真是一大吉祥物，自从自己与它相遇，一件件好事接踵而至，她脱口而出：我中华大地，物华天宝，西南偏远之地能出此宝物，可见我大周朝仁政德厚，普天之下无有陋土。想到朱砂羊，想到朱砂可以凝聚天地间的精华，给周天下带来好运。她便又豪情满怀地接着说：红光普照，就叫光明砂吧。

她把朱砂羊深藏在洛阳。理由是国都洛阳号称神都，如此神物自然要配神都了。

献给武皇太后的朱砂羊自然不是俗物，否则怎可入武皇帝法眼。

这让我想起，我第一次到万山采访时，当地一个对朱砂颇有研究的专家曾展示一块朱砂晶体，外表并非华贵到咄咄逼人，但在强光照射下，它玲珑剔透，光芒四射，赏心悦目，摄人心魄。武则天命名光明砂也是理所当然的事。

实际上还有更为深层次的原因，那就是武则天出于女性的情怀，对鲜艳的色泽，对姣好的物貌的偏爱和追求。当然还包括了她的佛教情结。

对此我们可以觅寻到三个痕迹：

一是造了一个仅仅属于自己的字，叫“曌”。这个字是“明”和“空”的合体，暗含了她的法号明空。那它怎么读呢？有人问。日月当空普照大地，就叫照吧！女皇一锤定音。这也寓意了武周天下犹如日月当空，光明永存。据说女皇造过十九个字，大部分是改造旧字为新字，并没有什么规律。有时，她不按汉字的方块结构，如画一圈为“星”；在圈里放一个“卐”为“月”，放一个“乙”为“日”。真实的原因也许只有一个，人贵则任性。

二是对武媚娘称呼的留恋。武则天十四岁入宫，最初被封为才人，自唐太宗赐名武媚后，她的娇艳柔美就越发彰显，惊动了宫中上下，以至被当时还是太子的唐高宗暗自垂爱。

唐太宗驾崩后，高宗继位，为给太宗追福，高宗将太宗的妃嫔加以剃度，让她们从佛念经。于是，武则天随其他嫔妃来到感业寺，成为一名比丘尼。有人认为，把武则天送进佛门，是为了遮掩天下人的耳目。不管真假，反正仅仅过了两年的“静化和点缀”后，唐高宗就召她回宫，封为昭仪，后来成为皇后，尊号为天后，再后来就与唐高宗并称为二圣。

三是主持建造奉先寺卢舍那大佛。郭沫若有句赞语：一寺灵光号奉先。这里指的是洛阳龙门石窟中最具盛名的奉先寺卢舍那大佛。它是古代造像的精品，女皇主持雕凿。有人作诗赞曰：“正教东流七百余载，佛龛功德唯此为最。”卢舍那大佛，是释迦牟尼佛祖的报身佛。卢舍那，就是光明普照的意思。有趣的是，那座卢舍那佛像很有些像女皇本人。

女皇曾宣布“释教开革命之阶，升于道教之上”。李姓唐朝崇尚道教，女皇偏要一心崇佛。她把当时的著名法师神秀用肩舆迎入太殿，“亲加跪礼”，见面后首先问道：所说之法，谁家宗旨？神秀回答说：蕲州东山法门。此后，女皇常召神秀，时时问道。神秀往来于长安、洛阳两京之间，所在道场的用度，均由朝廷供给，十分丰厚。女皇为表彰其德，还在神秀的家乡置报恩寺。

我想，女皇封万山朱砂为光明砂，内含了多少寄托，透露了怎样丰富的心向。

献朱砂灭夜郎

唐朝的蛮州大概在现在贵州开阳一带。有一年，蛮州刺史宋鼎入朝贡献朱砂五百两。这位号称西南大番的宋鼎曾夸耀蛮州是“户口殷盛，人力强大”。但是，以后宋鼎再次要求入朝时，并没能得到当时唐德宗的批准。他曾据理力争说，牂牁王每年都可以入朝面见天子，自己为什么不能？

蛮州刺史宋鼎带入朝廷的朱砂，是否万山出产，这里不得而知。但可以说明的是，唐朝廷需要大量朱砂，并以地方呈献朱砂为珍贵贡品，而且牂牁地区每年入朝进贡朱砂为一大荣光的事，为黔中其他地方所羡慕，甚至竞相效仿。由此可知，在唐朝牂牁地区是受到朝廷关注的。

在牂牁国之前，先有且兰国。且兰国与夜郎国是同时存在的神秘古国，都是在今天贵州省辖境。

据《汉书》记载：“楚顷襄王遣将庄硚卒循沅水而上，经黔中代夜郎，军至且兰椓船于船而步战，灭且兰伐夜郎，夜郎迎降。”这是且兰国最早出现在史书上的记录，也可知它与夜郎国同时存在。

对此，《后汉书·南蛮西南夷列传》记载得详细一些：“初，楚顷襄王时，遣将庄乔（硚）从沅水伐夜郎，军至且兰，椓船于岸而步战。既灭夜郎，因留王滇池。以且兰有椓船牂牁处，乃改其名为牂牁。牂牁地多雨潦，俗好巫鬼禁忌，寡畜生，又无蚕桑，故其郡最贫。”沅江是长江支流。庄乔灭夜郎后，以且兰有椓船，而将且兰改为了牂牁，牂牁即为古且兰。牂牁江，其宽度有几里，可以行船。

据晋常璩在《华阳国志》中记载：周之季世，楚威王遣将军庄蹻，泝沅水出且兰以伐夜郎，植牂柯系舡……因名且兰为牂牁国。

这里之所以引用了许多历史记载，是我离开朱砂古镇后，不断查找资料的结果。历史就是这样，不引经据典就不放心，唯恐有闲扯之嫌。因为搞清牂牁国的来龙去脉，有助于我们进一步了解围绕万山朱砂的历史辐射和影响力。

一句话，真正把且兰作为有影响力地名彻底抹平的是汉武帝。那年汉武帝“派兵灭南越后引兵归巴蜀，行途诛隔滇道者且兰，斩首数万，遂平南夷为牂牁郡”。因为且兰抗命朝廷命令，还大胆杀害了汉朝使者及太守。于是，汉军一个漂亮的出手，汉王朝在贵州置牂牁郡，其辖境相当于现在贵州大部分、广西西北部和云南东部。

牂牁的土司很聪明，能够从万山搞到朱砂献给女皇武则天，讨她的喜欢。我想这是继承了牂牁前辈的好动脑筋的基因。因为他们的前辈居然还干过影响历史的大事，那就是灭掉了西南大国——夜郎。

历史上的夜郎国，是最大的少数民族部落联盟。关于它的两个故事被后人牢牢记住了。一个是夜郎自大典故，一个是“竹王”的故事。

先说第一个。汉朝使臣奉命赴滇探寻通往身毒国的道路，返途经夜郎。“滇王与汉使者言曰：‘汉孰与我大?’及夜郎侯亦然，以道不通故，各自以为一州主，不知汉大。”滇王自大，夜郎侯亦自大。西汉中央政府颁发给夜郎王王印，把贵州纳入中央统一领导体制。但那时夜郎与中原很少联系和交往，以致有了夜郎国王提出汉朝与夜郎比较大小的问题。

第二个是竹王的故事，过去不曾知晓，我还是在这次采访中听说的。这里引用《后汉书·南蛮西南夷列传》原文会有原汁原味的感觉：“夜郎者，初，有女子浣于水。有三节大竹流入足间，闻其中有号声，剖竹视之，得一男儿，归而养之。及长，有才武，自立为夜郎侯，以竹为姓。”这似乎是母系氏族社会口头文学的产物，只是记述得简单了些。

而在《华阳国志》中就有了细节的叙述：“有竹王者，兴于遁水。有一女子浣于水滨，有三节大竹流入女子足间，推之不去。闻有儿声，取持归，破之，得一男儿，养之。长有才武，遂雄夷濮。氏以竹为姓。捐所破竹于野，成竹林，今竹王祠竹林是也。王与从人尝止大石上，命作羹，从者曰：‘无水’。王以剑击石，水出，今竹王水是也，破石存焉。后渐骄恣。”

真是一个活泼可爱、出身不俗的竹王。

司马迁在《史记·西南夷列传》中说：“西南夷君长以什数，夜郎最大。”我想，无论是作为一个部落首领的权威显示，还是夜郎部族对祖先的追溯，都需要这样神秘的色彩；只有不凡的出身，才有了接受别人拥戴的根据，更有了永久存在的理由。

然而，好斗的性格，终于给自己带来灾难。东汉史学家班固在《汉书》中记载了夜郎国灭亡的经过。

那是在汉成帝年间，夜郎王王兴发动了对其政治联盟内的句町和漏卧两国的战争。当汉王朝派官员来调解时，王兴不但不服，还多有非礼行为，就连牂牁太守陈立的喝令，他也不给这位在南夷地区颇有威望的地方长官面子，就是一百个不服从。

于是，陈立受朝廷所命，简装轻骑，直入夜郎腹地，立斩夜郎王。

夜郎王的岳父和儿子一心想为王兴报仇，竟然胁迫周边的二十二邑一起反叛朝廷。牂牁郡守陈立没有直接出兵镇压，而是采用智取的方法，在使用反间计的同时，乘天旱绝其水道，夜郎兵阵前倒戈，杀掉其岳父，持首级出降。

从此，夜郎古国灭亡，不复见于历史，给后人留下了许多的扑朔迷离。顺便说一下，唐朝曾在这里设置夜郎县、夜郎郡。诗人李白就曾被流放到夜郎郡。

第二章 灵动与纷飞

我们的常识是，解决万物之生的问题是本，涉及万物之成的问题是末。朱砂也是有本有末的。其本源于自然，是汲取天之精华，借助地气之承运而生的原物，其末则关乎人工，是融合审美之观念，附以生命之温度而成的形器。

丹砂，是中国文化的典型性物质元素。毫不夸张地说，世界上没有任何一种矿石能像它那样，固体和液体状态自如转化，用途多样，进而带有绚丽的文化色彩。有学者说，如果玉是贯穿中国礼乐文化的物质载体，那么丹砂则融通了中国性命文化的道相技法。

朱砂考验了人们的价值取向，即使随着时间的推移而有所变化；朱砂呈示了人们的精神状态，即使所处的历史层面有多么大的不同。

朱砂的密码在天地的某处密封，抑或早已收在寻常百姓的匣盒中，浑然天成，蓄雄刚之俊德，让人的思绪在无限的时空横冲直撞，尽情舒展。从这里，我们看到了记述者和创造者的天才和非凡，他们能够吸收、涵养并代表着那个时代与社会的认识程度，其想象力令人惊讶和赞叹。

朱砂就是一个典故，凝练得可以放之四海而皆准。倘若来释解，就成为一种超越现实长度的大胆；若来描述，也需有一种品评历史内涵的谨慎。它直白又隐晦，直到我们深有所悟，大有开辟愚蒙之意，并在回味中现出新的臆想，一切都在慢慢积累，逐渐漾开，直至心领神会。

内丹术的炼丹炉

丹砂自古被视为中国文化的典型性物质元素。在《道藏》中有这样的观点：丹砂者，万灵之主，造化之根，神明之本。追溯历史，无论帝王贵胄、文人士子，还是僧道巫祝、庶民工匠，在久远的年代，都曾参与寻丹、采丹、炼丹、服丹、释丹的活动中。

在相当长的时期内，附着在朱砂上的宗教色彩和文化属性，有时超过矿物质本身的价值。特别是道教，中国的本土宗教，一开始就披着朱砂的神秘色彩走来。东汉魏伯阳是著名的炼金术士，著有《周易参同契》一书，是比较早的炼丹术著作。参同契的意思是把《易经》、黄老和化学实验三位一体，共冶一炉。

道士讲究炼丹，并将其分为外丹和内丹。

外丹就是在丹炉中烧炼矿物以制造仙丹，此法源于先秦神仙方术。炼丹在修炼活动过程中显得极其神秘诡异。如认为炼丹处所的选择，应在人迹罕至、有神仙来往的名山胜地，否则

“邪气得进，药不成也”。安置在丹炉内部的反应室，叫丹鼎，或叫神室，药物在里面熔化并起反应、升华。单从金石药来看，炼丹常用药物不下六十多种，其中包括汞、硫、碳、锡、铅、铜、金、银等元素。在丹成开鼎时，道士须斋戒洁顶冠披道衣，跪捧药炉，面南祷请大道天尊。丹药的诞生似乎越神秘、庄重，那药劲就越足，距离长寿的本质就越近。

内丹术起于黄老，盛于唐宋。丹砂集天地日月之精华，倘若以人为介体，通神明之德，类万物之情，便可实现生命的永恒。内丹，就是把人体作为炼丹的炉子，把精气神作为炼丹的药物。服食丹药，点起自身阴质消耗的过程，渐渐地阳气勃发，按照一定的线路在人体经络间有节奏地运行，吐故纳新，修补失缺，为寿命的延长提供原动力。苏轼《送蹇道士归庐山诗》云：“绵绵不绝微风里，内外丹成一弹指。” 苏门六君子之一的陈师道注曰：“道家以烹炼金石为外丹；龙虎胎息，吐故纳新为内丹。”追求炼制长生不老丹的药方，是道家修炼的重要途径。

我想，这就是气功的道理吧。在公园里走，经常看到有人在练气功，其理论多是阴阳之变、五行生克等，就是天人合一、天人相应，感觉很深奥。没想到朱砂古镇还跟气功连在一起了。

东晋葛洪，是个有身份的人，医学家、道家、炼丹家和药物学家。他的号叫抱朴子，而“抱朴”则源自《老子》的见素抱朴，就是现其本真，守其纯朴，不为外物所牵扯，可见葛洪的追求信念，故人称为葛仙翁。他的祖父葛玄，曾做过三国时期东吴的高官，以炼丹著名，人称葛仙公。一个仙公，一个仙翁，虽然隔辈，本事却是一代比一代强。不过葛洪可不是祖父带出来的，因为担心溺爱，由祖父的一个大弟子叫郑隐的，手把手教出来的，管教严厉，学到了真东西。

葛洪写过一本著作叫《抱朴子》，内外篇七十卷，内容极为丰富，说的是神仙方药，鬼怪变化，养生延年，禳邪祛病等，是中国道教的一部重要著作，尤其是《金丹》《仙药》《黄白》等篇目是总结古代炼丹术的名篇。有志于炼丹者，这是案头的必读书。

葛洪生前是否到过万山，没有确凿的证据证实，然而有一点可以肯定，葛洪炼丹所用的朱砂来自万山。因为在那个时代，万山朱砂已经流传到各地，是最有名的炼丹石。特别是葛洪本是江苏句容人，可他主要的炼丹地在广东的罗浮山。元代著名画家王蒙画有一幅《葛稚川移居图》，反映了葛洪携全家南下移居罗浮山的故事。我想，除了看好那里山川的好环境以外，是不是与方便取得炼丹材料有关呢?

《抱朴子·仙药》说:“仙药之上者丹砂，次则黄金，次则白银。”道士皆以朱砂为炼丹主要原料，因为朱砂暗含了人所需要的精、气、神元素。《抱朴子·金丹篇》又说:“凡草木烧之即烬，而丹砂炼制成水银，积变又还成丹砂，其去草木亦远矣，故能令人长生。”这就解答了古人为什么选择朱砂作为炼丹之物的原因。朱砂能够从固体转化为液体，再从液体还原为固体，说明朱砂有变化的灵气和主宰性，以及驱赶人体内部惰懒的功效。唐朝诗人杜甫是很信服葛洪的，他曾写诗说：浊酒寻陶令，丹砂访葛洪。这是对专家的赞美。他还对炼丹充满着幻想说：我欲就丹砂，跋涉觉身劳。

我一直有一个疑问，古代很多的技艺都传承下来了，为什么一个时期内盛行的炼丹术，如今却失传了呢？要知道在秦汉时代，人们迷恋神仙术，希冀能够长生不老，做出了许多疯狂的举动。而通过朱砂炼制仙丹，就是他们最执着的行动。

炼丹术离不开朱砂，最好的朱砂又出自万山。可我走遍朱砂古镇，却很少听到炼丹的传说和故事。当地多的是如何采砂和炼汞，至于炼丹，似乎不是这里的事情，这是否也是一种文化的遗失？

有人认为炼丹是唯心的，甚至认为有迷信色彩，而我们也可以从另一个角度思考，古代的炼丹术催生了古代化学的发展。炼丹术是古代自然科学的一种实验。在这个过程，人们摸索到一些关于物质之间相互转化的关系和规律，还设计了初始的炼丹器具，这些观察和记载都成为以后化学科学的参考知识。

在炼丹实验中，葛洪还发现了多种有医疗价值的化合物或矿物药。比如，丹砂加热而分解出汞，汞与硫化合，生成红色硫化汞。这可能是人类较早用化学合成法制成的产品之一，是炼丹术在化学上的一大成就。现在，中医外科普遍使用的“升丹”“降丹”，正是葛洪在化学实验中得来的药物。葛洪的炼丹术是化学的原始形式，后来传到了西欧，也成了制药化学发展的一块基石。英国药学家伊博恩还肯定地说，炼丹术是现代化学的先驱，它无疑起源于中国。

葛洪写过一本叫《肘后备急方》的医书。书名的意思是可以常常备在肘后，即带在身边的应急书。书中方子都是他在行医、游历的过程中收集的。最大特点是，他用药很简单，百姓容易弄到，即使必须花钱买也是很便宜的。

2015年，我国宁波籍的女医学家屠呦呦因发现青蒿素荣获诺贝尔医学奖。这位一向低调的医学家宣称，她之所以能够发现青蒿素，是受到了《肘后备急方》的启发，书中说："青蒿一握，以水二升渍，绞取汁，尽服之。"这里的绞汁方法不同于传统中药水煎。由此，她领悟到水煎之法可能因为高温破坏了青蒿中的有效成分。于是，这位医学家改用低沸点溶剂，最终分离出来有效的青蒿提取物样品，是中国的传统中医学奉给世界的一份厚礼。

我们的视野还可以再开阔一些，看看道教与道学的区别，尤其是思想领域，这里面的博大精深，并不是一言一语就可以说明白的。最初可以想到的诸如究天人之际的自然学，察古今之变的历史学，以及穷性命之源的生命学，这是一种可学又可修的文化。

这里，我引用三个人的观点，期待可以说明一点问题。

鲁迅在致好友许寿裳的信中说："前曾言中国根柢全在道教，此说近颇广行。以此读史，有多种问题可以迎刃而解。"挟道教文化观察中国历史，是一个比较独特的视角。

萤火虫坑洞

英国著名科学家、中国科技史专家李约瑟说过这样的观点："中国如果没有道家思想，就会像一棵某些深根已经烂掉的大树……"虽然这话说得有些偏激，但仍然不失独到见解。

司马迁的父亲司马谈说得全面些，他在《论六家旨要》中说："道家使人精神专一，动合无形，瞻足万物。其为术也，因阴阳之大顺，采儒墨之善，撮名法之要，与时迁移，应物变化，立俗施事，无所不宜。指约而易操，事少而功多。"虽寥寥数语，却指明道家之精要，流露其肯定赞扬的态度。

界限那边的姹女

前几年万山修二级公路时，给当地一村里去世五十多年的冯家老太太迁坟，开棺时惊呆了在场所有人。老太太像睡着了一样完好无损，容貌未变，手指一按，皮肤甚有弹性。他的儿子回忆说，母亲生前生活方式与别人无大区别，只是因心脏不好，喜欢泡朱砂水喝。即把朱砂放到开水里十秒钟取出，坚持喝好多年。装殓母亲遗体的棺椁刷漆时也掺了朱砂粉。这可能就是母亲尸首未腐的根本原因。

实际上，朱砂葬或红殓葬，是中国很早的民俗。这种葬俗至少已有五六千年的历史。可从仰韶文化、龙山文化时代的墓葬中看到踪迹，墓坑泥土中就残留有红色矿物颜料。在整个商周时期，多以朱砂铺设棺椁，或在随葬品上面撒以大量朱砂粉末，特别是君王墓葬中这种仪式几乎不可或缺。比如，安阳殷墟五号墓中出土了整套研磨朱砂的石臼。还有殷商朝代的女将军妇好，是殷商王朝第二十三位国王武丁的妻子。婚后不久，国家动乱，北方边境外敌入侵，她为丈夫担忧，身居王后之尊，却挂帅出征，妇好凯旋，被商王封为国家军队的统帅，战场上所向披靡，为王朝开疆拓土立下了不朽战功。人们在安阳殷墟妇好墓中，也发现了朱砂留下的红色痕迹。

流血过多人就死亡，早期人们从现实中观察到了这个现象。于是，就想到灵魂是游走在红色血液中的，血液流在地上，或人死以后的血液都是黑色的。因此，保住鲜红的血液就是挽留了人的灵魂。以此推之，在墓主人身上撒以不褪色的朱砂，就能让其灵魂永不朽亡。

朱砂葬在西周达到鼎盛，普通老百姓的墓葬里也使用朱砂。我想，那时朱砂的用途相对单一，可能不会很昂贵。

在明朝，宫廷曾发生了非常著名的“红丸案”，是关于明光宗朱常洛一夜暴毙的扑朔迷离事件。

那时，在位四十八年的万历皇帝朱翊钧驾崩了。他的丧事尚未操办完毕，新登基的皇帝朱常洛却突然病倒了。尽管他才不到四十岁，正值盛年，可架不住病势来得凶猛，几位医术高明的御医会脉后，连下了四服重药都没有扭转病情。

朱常洛自己非常着急，朝廷多少大事等着皇帝御批呢。后来他先后叫两个人来给自己治病。一个是太监崔文升。他专门负责管理药材，懂些医理。在确诊了皇帝是虚火上升后，这位太监真敢下药，居然让皇帝大泻不止，一宿腹泻三十次，几天下来，几乎脱了相。

还有一位是鸿胪寺丞李可灼。他懂得皇帝的心思，就先奉上了一个仙方。他很神秘地对皇帝说，年轻时，他在峨眉山采药时得到一枚仙丹，是一位仙长所赠。这枚仙丹所用药料均采自神府仙境，非人间所能得到，能治百病。说着，李可灼捧出一个木雕匣子，刚一打开，就从里面飘出一股清香，躺在床上的皇帝顿觉周身舒畅。仙丹通红，光泽照人。

自吃了李可灼的仙丹后，皇帝的病好了多半。没过几天，竟出得殿门了。那天，他在琢磨着，如果再吃上一枚，病就全好了。仙长的丹很灵，仙方还是可信的。难怪老爸万历这样痴迷炼丹，天天躲在丹房里与老道士谈论炼丹，一意修玄，祈求长生不死，羽化升天，还居然近三十年不上朝。

这天，内廷诸司见皇帝病势恢复得很快，决定连夜撤掉祭奠大行皇帝的孝幔。挂灯悬彩，准备祝贺新君亲政。谁想到，后半夜，皇帝突然宾天了。原先的好转，是回光返照吧。现在想来，可能如此。就是说，朱常洛在万历四十八年（1620年）八月即位，九月就驾崩了。史称一月天子，年仅三十九岁。

太短命了，这有点不正常。于是，有人联想到万历的“争国本”，致使事情更加复杂起来。万历皇帝朱翊钧生前最宠幸的是郑贵妃，所以接班人自然是郑贵妃所生之子福王朱常洵了。但朝臣们坚决反对，认为应立长子朱常洛为太子。这样朱翊钧与朝臣之间数十年对立。虽然，后来朱翊钧不得不让步，可朱翊钧就是不待见，不善待这个太子。朱常洛学龄阶段，皇帝竟然迟迟不让他读书，好容易请来一位先生教课，到吃饭的时候又不管饭，让朱常洛自己掏钱支付。有一次，竟然有一个农民手持木棍，闯进宫中要结果了朱常洛的性命，闹得宫里沸沸扬扬，人人自危。原来这一切都是郑贵妃导演的。

肯定有人谋害皇帝朱常洛，要追查皇帝死因的奏折不断。有人说，崔文升竟敢用泻药摧残先皇，其背后必有人指使。有人言，李可灼献红丸，有弑君之心。

一年多了，未查出真正凶手，只好结案，理由为，虽然崔文升和李可灼乱用药物，但也确实是奉旨进药的，可以适当惩处一下，“红丸案”也就不继续深究了。于是，天启皇帝圣旨颁下，“将李可灼削官流戍边疆，崔文升逐出北京，发往南京安置”。

一场轩然大波落下帷幕。但是朱常洛为什么在一夜之间猝然暴死？李可灼所献的红丸究竟是什么东西？却成千古之谜。

东汉魏伯阳在《周易参同契》中写道：“河上姹女，灵而最神，得火则飞，不见埃尘。”这里的“姹女”是水银的隐名。汞液，很容易挥发，见热更是如此。以后，白居易有诗句云：“姹女丹砂烧即飞”，显然是脱胎于前人的论述。

服用丹药祈求愈病长生，铺撒朱砂挽住生命容颜。但是，姹女毕竟来自天地，是水，是风，是气，她盘桓在人生界限的两端：虽无起死回生之妙力，却也带去生的幻境；深怀长久大爱之温柔，竟可为死铺垫安宁。

神来之笔

朱砂味甘，性微寒，有定惊安神功效。《神农本草经》开篇第一味药就是朱砂。朱砂能“安魂魄、益气明目、杀精魅邪恶鬼，久服通神明”。又说：“丹砂气微寒入肾，味甘无毒入脾，色赤入心。主身体五脏百病者，言和平之药，凡身体五脏百病，皆可用而无顾忌也。”人心是身体之本，是精神之所居，而肾则是气之酝酿、精之孕育的场所。只有心和肾交集和谐，人的精神才能得到修养显现充沛。在此，朱砂的药用可以大显神威，起到很好的调理作用。

《本草正》云，“朱砂，入心可以安神而走血脉，入肺可以降气而走皮毛，入脾可逐痰涎而走肌肉，入肝可行血滞而走筋膜，入肾可逐水邪而走骨髓，或上或下，无处不到，故可以镇心逐痰，祛邪降火，治惊痫、杀虫毒，祛中恶及疮疡疥癣之属。”

我在这里不厌其烦地引用，无非想说，朱砂的医药功效很早就被中医看重，而且被用于临床实践且有特殊效果。2015

年版中国药典收录了朱砂医药功能。

中医用药讲究药材的产地。据《本草纲目》记载，朱砂为本经上品。凡药方中配用朱砂时，每注明“辰砂”。明人王士性《黔志》说：“贵州土产则水银、辰砂、雄黄……虽曰辰砂，实生贵州。”

古时候，湘黔边界的百姓常患“猪婆疯”，实际上就是癫痫病。据传，就是根据这些医书记述的朱砂医药功效，将朱砂粉末和在水中，让病人定时定量饮用，从而治愈癫痫病的。

朱砂作为人们敬畏的神物，作为一种古老文化，被人们一代一代地、一如既往地传承延续下来了。但是，我总在想，用朱砂治病并能发挥其最好的疗效，应该有个剂量和配伍的问题。古时候，人们靠经验，靠多少次的临床总结；现在，必须尊重科学，靠成分分析和科学计量的标准。

丹是药中之王。万山丹王府公司直取其义，公司老板杨昭斌在我采访时这样说。他们以多功能丹砂保健梳理为宗旨，专门从事丹道、丹药、丹医经营业务。因为在贵州万山一带，时至今日人们沿袭习俗，仍然保有用朱砂调理身体健康的热情。他们认这个理：一方水土养一方人，一方药石医一方病。

杨昭斌十六岁离开万山求学，他学的是化工专业，研究了几十年化工，积攒了一肚子的学问和经验。现在，他告老还乡了，就要回到一个主攻项目，制作朱砂系列饰品，研究朱砂的医疗保健运用。

他小时候就对父亲的那个小盒子充满向往，家传的鹌鹑蛋大小的朱砂块藏在里面，神秘兮兮、魅力撩人，父亲不轻易示人。父亲曾经摸着他的头说，家里有它镇着，谁也不会得病，邪气也不会上门。

参观他的生产车间，完全原生态状。生产工具有木制或铁制，简单而古旧；流水线上的工人，黑红脸膛，不大的矿石，一会儿手搓，一会儿手磨，身边一堆堆的粉末，是按类别区分开来的。这种劳作场面，较接近一个农耕文明的样态。可就是这样，矿石潜在的秀美被一点一点开掘出来，而又不失质朴。朱砂饰品摆放在加工车间的对面，摸一摸，有的还带着器械磨打的温度，叫人爱不释手。

杨老板说，他的工具多是从民间淘来的。现代工具可以购置，不是没有经济能力。作为一个经验丰富的手工匠都知道这样一个道理：朱砂晶体的形成，要经过上亿年的沧海桑田、地质演化，其间有多少物质的融合、温度气体的杂糅，朱砂自身的密码不经过人的手和心的抚摸感应，就无法对接人体，沟通灵性，做出来的饰物徒具形状而无神韵。

看着眼前各种各样的饰物，倒让我想起一桩事来。

一次在亲戚家，碰到他们朋友的一个小女孩，十二岁，圆润小脸，肤色白净，鼻梁高耸，大眼睛晶亮有神，五官精致到完美，这孩子一眼看去，几乎就是传说中的精灵、天使。之后女孩的一个举动却让我大吃一惊，我看见她躲在阳台上，拿个大粗针管往自己肚子上扎。原来这个小女孩是Ⅰ型糖尿病患者。后来她母亲介绍说，也没什么家庭遗传史，可她六岁时奇怪患病。

I 型糖尿病儿童是易患人群，原因不明，病人自身丧失产生胰岛素能力。没有胰岛素，身体就不能将葡萄糖转化成能量，因此 I 型糖尿病患者必须注射胰岛素才能存活。所以女孩从确诊病情那天起，每天都得注射胰岛素。开始是医生给她打针，大人孩子一起哭，孩子因身疼哭，而父母是因心疼掉眼泪。

直到今天，全家接受了这个残酷的事实，就是女孩不但要每天给自己扎针，还必须严格控制饮食，巴不得把食物中的各种成分含量研究精准，按克进食，每天多次测量血糖含量，能否吃和吃什么依血糖值来确定。稍有闪失，后果不堪设想。就是说女孩必须泯灭本能，肚子饿了，要扛着；桌上好吃的，要看着。

这样的一个矛盾，对一个几岁的孩子来说她怎么处理呢？一次，姥姥从外地给她寄来了当地老字号火腿肠，这是小女孩最爱吃的。妈妈冷藏在冰箱里，每次按血糖测量的结果，给她蒸几片吃。这天，就女孩一个人在家，太饿了，顾不上什么测量值了，她打开冰箱，大快朵颐了一根。关键是，火腿肠是生的！

上帝给了她天使的容貌，也给了她残酷的病体。不知计算器能否算出这其中的诡异。父母为了保住爱女的性命，采取了特殊措施：在女孩的身体上常年挂了两个东西，一个是按着医学科学挂了个仪器，可以测量血糖，还有针头，可以随时打进胰岛素。同时，在女孩的脖子上戴了一个朱砂饰品，是求疗效还是为保平安，反正是决不允许女孩摘下来的。

女孩母亲给女儿佩戴一块朱砂，不仅仅因为朱砂被称为红宝石，显然是对朱砂深邃的内涵了然于胸的。民间的一个常识，宝石是一种蓄气最充沛的物质，尤其是天然宝石有十宝九裂的说法；宝石的细纹可以吸收人的体液，而又将矿物质的气息导入，滋养人的一生。

这是有道理的，人体与环境之间是有交流的。比如，吃药进食，那是一种直接侵入交流式的，通过血液循环运送某一种物质，促使身体机能变化；比如，磁疗热敷，那是一种外部渗透交流式的，依靠神经感应或刺激，给人体机能带来积极的反应活动，促使身体健康发展。这两种交流方式都是各自发挥其效。

小小一块朱砂，寄托了父母多深的爱。朱砂有灵，能够经得起这份重托，真心祈愿那个天使般的女孩病能好起来，那可能会是上帝的神来之笔。

第三章　说不尽的朱砂红

朱砂红，是智者的哲思。美学家李泽厚说："红色本身在想象中被赋予了人类独有的符号象征的观念含义。"朱砂红不仅仅是富有象征意义的符号，而且有着丰富多彩深沉厚重的内涵，是中华文化的投影和折射，是形而上的精神氤氲。从这个意义上说，朱砂红是对中国红的深刻理解。

朱色乃五色之一，与五行相合。宋应星的《天工开物》说："五章遥降，朱临墨而大号彰。万卷横披，墨得朱而天章焕。"朱色结合墨色，正大堂皇，有说不尽的文明彰显、参天悟道之理，有道不完的安身立命、秉公正义之论。

大自然也通过朱砂沟通艺术。在这里，我看到了关于文学的情感、审美和想象的诸多特质。人们发挥宏阔飞动的想象力，还原历史，讲述人物。朱砂古镇有着宏大故事的起源和人物命运交集的背景，让人们在历史的阅读中延长了生命的思悟。

许是因人们对朱砂的喜爱，才赋予它特殊的来历：有说是天上的七仙女带来的，有说是老君炉里撒下来的，还有说是孙悟空的鲜血变化来的。有谁在意矫正这种种虚幻的说法呢？重要的是一种不舍的情结，因为朱砂的珍贵；更不是荒诞，因为事出有因，朱砂的神奇才那般言之凿凿。

红宝石的珍贵和出身不凡，是人类的共识。这里引出两个例证：据《圣经》记载，约伯说，只有智慧的价值超过红宝石。在印度，有古老的著作称，红宝石是上帝创造万物时所创造的十二种宝石中最珍贵的。朱砂晶体也被归为红宝石系列，其外表并非华贵到咄咄逼人，但在强光照射下玲珑剔透，光芒四射，摄人心魄。上帝造宝何其神圣，而红宝石则是神圣之手中的神圣。

智慧是文化进程中的一种独创的执行力。对事物的迅速、灵活、正确的理解和处理，是一种智，是急中生智之智；对智的发现、反思、及时的接引和规整，是一种慧，定静，生慧之慧。

对待朱砂文化，需要那种智，它体现了人的能力；更需要这种慧，它展现了人的境界。

颜如渥丹

一

朱砂，有人形容是流淌在岩石里的一条红色血脉，几千年来，这条红色血脉深深地沁入中国传统文化的方方面面，为传统文化抹上一层艳丽的色彩。朱砂的粉末呈红色，透着一种深邃，这种颜色有一个独有的名字：朱红。朱红介于红色和橙色之间，是由研磨而成的颜色，自古以来为人们所喜爱，我国用朱砂作颜料已有悠久的历史。

《诗经·秦风·终南》云："颜如渥丹，其君也哉。"渥，是涂抹、沾湿浸润的意思。丹，就是朱砂制成的红色颜料。渥丹，就是涂上红色，用以形容色泽红润。当然，渥，也有厚重的意思，这也是讲得通的。

在朱砂矿道里，我见到过用灯光打到地上的一句诗："齿犀微露朱砂唇，手荑缓转青葱指。"这显然是形容女性容貌和动态的，语出宋代诗人方回的《于氏琵琶行》。是说“燕代佳人有于氏，春日黄莺韵桃李”，“曲阑歌罢或潸然，何能动人一至此”。朱砂是女性涂唇扮装的色彩，这在古诗词中多有痕迹。最近有一首《朱砂泪》的歌曲，充满了爱恨的情怀，古韵十足，很有特点：当年醉花荫下，红颜刹那菱花泪朱砂……只是欠了谁，一滴朱砂泪。这可以叫听者想象到那悲痛欲绝的情感和撕心裂肺的场面。

洛阳牡丹可分为三类十二型，其中有一种叫朱砂垒的牡丹。它的花蕾圆尖形，花瓣宽大圆整。花浅红色，基部微带紫色晕，因为绽开时酷似荷花，所以被归入荷花型。这种牡丹长势强，成花率高。

有一年的洛阳牡丹节，我在洛阳新村听到一个凄美的故事，说的是关于李家牡丹园早年轶事。

在北宋年间，洛阳有个读书人名叫李桑。因家穷无法赴汴京参加科考。这一天，他无精打采地乱走，就来到了张家的牡丹园。这家是以卖花为业。李桑见园门虚掩，就走了进去，只见满园牡丹，鲜艳夺目。“你为何进入私家园子？”从身后传来一个女子的声音。

李桑回过头，一个穿红色衣裙的姑娘向这边走来。李桑自知理亏，就把原因告诉她。那女子听后深表同情地说：“大哥赴京赶考有困难，奴家愿以小资相助。”起先，李桑执意不收。那女子说：“这二百两，就算借给你的好了。”她正要起身走开，李桑忙问道：“小姐尊姓芳名？” “我姓朱名红。”说完转过篱笆墙就不见了。

后来，李桑考了第一名，却因为他名列丞相蔡京的侄子之前，就硬被主考官除名了。理由是，李桑的名字不吉利。“桑”与“丧”同音。

这消息让他当场昏了过去。醒来时，竟见朱红姑娘在他身边。

原来在李桑走的第二天，洛阳太守为蔡京挑选美女，朱红姑娘被强行带到汴京，已经有几天了。“刚才，见一些人抬着你从这里经过，我就把你拦截下来。这里离蔡京家不远。”朱红姑娘说着，又问：“你还能走吗？我们快逃离这里吧！”

二人日夜兼程，回到洛阳后，结为夫妻，过着幸福的生活。这天，她突然病倒了，对守在一旁的李桑吐露了真情：原来，她本是张家花园里的一株牡丹，叫朱砂垒。现在她要回去了。“张家花园中从东边数第七株牡丹，便是我的本身。”她的声音越来越低，转眼屋子里就剩下孤零零的李桑一人。

为了能与爱妻长相守，李桑四处打工，早出晚归，终于攒下了一些银子，就来到张家说明了来意。

自朱红姑娘从蔡京家逃出来以后，张家的父亲就坐了大牢，死了。他的孩子正想搬走，也巴不得把园子卖掉，好歹抵些银子就行。

李桑急忙到园子里，见那第七株牡丹已经奄奄一息了。于是，他培土浇水。从此，每天照看花园，陪伴爱妻。

这个故事叫人久久回味。朱红是一种善良、温柔的象征，现实中有的女孩就起朱砂的名字，或起个谐音叫朱莎，听起来就很美好，就连牡丹花中的朱砂垒也要与朱砂闹个沾亲带故。

二

几千年来，儒学作为最具传统特色的文化，被历代统治阶级推崇。附着在儒教身上的一些传统礼仪和习俗，借助某些特定的物质、颜色也成为一种权力和规矩。比如，黄色就成了帝王的专属；红色不仅代表着权力，还代表着荣耀、吉庆和红火；黑色则代表着庄严、沉重和肃穆。

这些颜色在人类生活甚至文明的进程中，一直都发挥着鲜明的作用，比如，在周秦时代，染色技术就已分为煮、练、暴、染四个步骤。朱砂粉末是我国迄今为止发现的最古老的红色颜料。上古时期，就在祭祀等重要活动中使用天然朱砂装饰。殷墟出土的甲骨文上涂有朱砂，以示醒目。距今六千多年前的河姆渡遗址中就发现了朱砂涂色的漆碗。在良渚文化、马家窑文化、广汉三星堆文化中，都曾发现朱砂涂染的装饰品和尸骨。中国封建王朝就借助朱砂传递出种种信息，如官员的顶戴用朱砂红装饰，称为“红顶”；达官贵人家的大门用朱砂油漆，称为“朱门”。朱砂作为一种颜料，还成了帝王的御用之物。帝王拿来录取新科状元，称为“点朱”；拿来批阅奏章，称为“朱批”。据说那位写下“朕就是这样汉子”的雍正皇帝，留下许多的个性语言，就是用朱砂制作的颜料书写的。

佛教把朱砂作为一种宝贵的圣物，虽不在七宝之内，但它在佛教的应用却很普遍。佛教认为朱砂凝聚天地之灵气，吸收日月之精华，是镇惊安神的灵丹，很具法力。而从释迦牟尼佛、观世音菩萨额头上的那一点朱砂红印，可以领悟到朱砂与佛教缘分的源远流长。在印度、尼泊尔等信奉佛教的国家，妇女额头上的红印都是朱砂点上去的。人们认为这样可以保自己平安吉祥，还可以得到佛祖的护佑。还有道教，也认为朱砂是转运和开光的圣物，广泛运用到宗教活动中。

上世纪七十年代，长沙马王堆汉墓出土的丝织物中多数是染色的，其中以朱红色品种最多。经过对矿物染料发射光谱分析，确定为硫化汞，即朱砂。这些丝织品表面的朱砂细而均匀，颗粒分布在纤维相互交叉的隙缝中，虽然埋葬时间长达两千多年，但织物的色泽依然鲜艳无比。特别是这些色素染色的丝织品在数量上仅次于绣花织物，说明西汉时期炼制和使用朱砂的技术水平是相当高超的。

朱砂在众多壁画、帛画以及绢本纸本绘画中都有大量应用。苏轼开朱砂画竹之先河，成为后世文人画家遣兴自娱的方式。中国画颜色，传统惯用丹青二字涵盖之。《康熙字典》解丹字有一意为："以朱色涂物曰丹"，丹即指代朱色。

敦煌莫高窟的壁画中线条、色彩、形象，飞动奔放。在用色方面，敦煌壁画继承了传统的赋色规律，并以色彩灿烂著称于世，而其中红色的主要颜料就是朱砂。从隋代、唐，再到五代时期壁画，就显出了朱砂着色的特点，即上等的朱砂颜色鲜亮，永不变色，而其他的如铅丹因为含有铅，一经氧化，容易变黑。

近几年，中国著名国画大师李可染画的《万山红遍》出现在香港拍卖行，其作画的主要颜料就是天然的朱砂，而且这样大面积用于山水画，自李可染始。其一反传统的淡墨画法，在红白黑三色中突出红色，以及红色映照下的过渡色，营造出崭新的审美境界，仿佛一首交响曲从弱到强、从强到弱，在不断交替融合中给人以心灵的震撼。

1962年至1964年，李可染出于对毛主席的崇敬，以毛泽东诗词名句“万山红遍，层林尽染”为主题创作了七幅《万山红遍》题材的作品，虽然基本格局相同，但每幅作品尺寸、章法和景观不一。而拿出拍卖的这幅画是其中尺寸最大，最为精彩的作品，可称是李老先生红色山水画的代表作。

朱砂自带地球上最原始的能量。所以，在绘画中所要表现的红色，在色调转变的强烈度上，则是兼具了热烈沉稳和凝重。在朱砂古镇，我见到有人用朱砂作为点化启新的颜料。如在传统的山水花草、鸟虫鱼兽等工艺画中添加朱砂颜色，使其色彩更绚丽，画面更精美，尤显雍容华贵，提升了传统画的品位，有了焕然一新的风貌。

前不久，我曾专门到中国地质博物馆采访，展窗里有西藏唐卡艺术的照片，下面摆放了一段说明文字，大意是说矿物与唐卡绘制的紧密关系。原来，传统绘画唐卡的颜料全部采用天然矿物和一些植物颜料。天然矿物就包括朱砂、珍珠、玛瑙等，由此保证唐卡色泽鲜艳，璀璨夺目，即使经过千百年的岁月，仍旧艳丽明亮如初，这是现代化学颜料无法与这些天然原料相比的。

唐卡是藏族文化中一种独具特色的绘画艺术形式，在视觉上追求清澈透底、重彩多姿，所以颜料配制十分讲究，在内容上有浓郁的雪域风格以及鲜明的民族特色和浓郁的宗教色彩，如以画言史，以画叙事，具有百科全书的品格。绘制一幅简单的唐卡需十几日至几十日，复杂一点的则需要数月至几年。使用朱砂作颜料，该是沐浴更衣敬香，沉静了心神，因为它本身就经万亿年的集聚、融合和沉淀修炼神养而成，一旦面世，就是要在新的环境中再续生命力。

朱砂工艺品

丹砂书写陈胜王

应该把陈胜吴广视为一个人，因两人密谋的丹书帛，做成了振臂一呼的强音，竟然把始皇对未来的宏伟设计图撕开一角，从而使多少后来人一哄而上，以致竖子成名。秦朝法律严苛，其中有一条规定：误期，按法令要斩首。

一日，陈胜、吴广二人押解着劳役者在行进的途中突遇大雨，二人凑在一起合计着："今亡亦死，举大计亦死，等死，死国可乎？"就是说，现在逃跑也是死，起义也死，同样是死，为国事而死可以吗？ 由此，揭开了秦末农民起义的序幕，是中国历史上第一次大规模的农民起义。

这一天，正是秦二世元年（前209年）秋，朝廷征调贫苦平民九百余人去戍守渔阳，途中在蕲县大泽乡（今安徽宿州一带）为大雨所阻，必然误期了。

陈胜、吴广都是被按次序编入戍边队伍里的，担任着小头目，所以，二人要对这些人的生命负责。陈胜说："天下苦秦久矣。吾闻二世少子也，不当立，当立者乃公子扶苏。

扶苏以数谏故，上使外将兵。今或闻无罪，二世杀之。百姓多闻其贤，未知其死也。”朝廷暴政，把天下搞得民怨沸腾。本来是应该公子扶苏继位的，就因为进劝了几句，就让他离开京城守边疆去了。现在又被二世杀了。谁都知道扶苏是个有贤德的人。

陈胜停顿一会儿，似乎有些惋惜，接着说：“项燕为楚将，数有功，爱士卒，楚人怜之。或以为死，或以为亡。今诚以吾众诈自称公子扶苏、项燕，为天下唱，宜多应者。”陈胜主张以扶苏和项燕的名义起事，天下会有很多人响应的。

司马迁写史书的特点之一是精彩而有细节，在《史记》中有这样的记述：吴广同意陈胜的看法。于是，二人去占卜。占卜的人知道他们的意图，认为他们一定会成功的，并按照二人要求向鬼神卜问了一下。结果是陈胜、吴广很高兴，说：“此教我先威众耳。”于是，用丹砂在丝绸上写上“陈胜王”三个字，放在别人用网捕获的鱼的肚子里。当戍卒买到那些鱼回来煮着吃，发现鱼肚子里的帛书，感到很奇怪。晚上，又见鬼火闪烁，丛林那边的神庙里还传来像狐狸一样的声音：“大楚兴，陈胜王!”

经陈胜、吴广这么一通折腾，戍卒们惊慌恐惧。天亮了，大家还在谈论这事，指指点点地看着陈胜。

陈胜吴广起义，是秦末农民战争的一部分，沉重打击了秦朝。西汉初年著名的政论家、文学家贾谊的《过秦论》是一篇政论文，如果要探讨秦亡原因，多提到这篇文章。其中，有两层意思最值得思考：第一，核心观点“仁义不施而攻守之势异也”成为千古定论。所谓攻守之势异，是指秦国要统一全国，自然要对山东诸侯采取攻势，逐步消灭他们；而在统一全国之后要防止人民颠覆它的政权，这就转入守势了。秦致败的根本原因归罪于施政的过失。秦始皇“事皆决于法”，一切唯法是从，把严刑峻法作为治国的根本，结果法律不仅多如牛毛，而且极其严酷，尤其是基层官员肆意操作，结果天子的权力反倒归于小吏。导致秦国的道路上挤满了穿囚衣的犯人，监狱里关满了人，如同集市一样。

第二，秦朝强大却亡于草民的揭竿而起。始皇去世之后，他的余威（依然）震慑边远地区。可是，陈胜不过是个破瓮做窗户、草绳做户枢的贫家子弟，做了被迁谪戍边的卒子；才能不如普通人，但是，他们却“崛起阡陌之中，率疲弊之卒，将数百之众，转而攻秦；斩木为兵，揭竿为旗，天下云集响应，赢粮而景从。山东豪俊遂并起而亡秦族矣”。陈胜可以从田野间突然奋起发难，率领着疲惫无力的士兵，指挥着几百人的队伍，掉转头来进攻强大的秦国，砍下树木做武器，举起竹竿当旗帜，天下豪杰像云一样聚集，回声似的应和他，许多人都背着粮食，如影随形地跟着。崤山以东的英雄豪杰于是一齐起事，消灭了大秦家族。

因为汉代距离秦朝灭亡时间并不是很长，所以贾谊的论述值得重视研究。为了建立威信，张扬起事的合理性，作为戍卒的陈胜、吴广做了十足的准备工作，第一是借助名人，第二是

镇云涌

问卜鬼神，第三是丹书帛语，第四是夜半狐鸣。这些都是必要的造势，因为跟下来的就是暴力行动，如杀死押解戍卒的军官，说服众人起义，与秦兵作战，直至在陈县（今河南淮阳）建立张楚政权。

丹书帛语，是一个决定性的暗示，鲜红的“陈胜王”三个字有极大的视觉冲击力，给起事者自悟无穷的潜力，让追随者深感存在的伟力。于是，筑坛盟誓，诛伐暴秦，因此才有了如此的庄严。

现在安徽省宿州市城东南的刘村附近，有陈胜、吴广起义的大理石塑像，陈胜剑指前方，振臂号召，而吴广则怒目相向，举棒劈杀。其背景外形通高九米，宽六米多，呈火炬燃烧状。如果说丹砂书语，字如火苗，那么寓意是分明的：陈胜、吴广点燃了中国第一次农民大起义的熊熊烈火。

守宫砂

孩童时，我以为，朱砂是猪身上的某种砂状物，一种结石。真是可笑。

关于朱砂，有种种传说，而最为神奇的是守宫砂了。在古代，守宫砂是验证女子贞操的一种方法。

有一种守宫砂的制作过程，奇异到让人震惊：那是先捉来一只活着的壁虎，喂食七天朱砂，然后再把这只壁虎捣碎，研磨成泥团，点在少女的身体上。这是比较特殊的守宫砂。

而通常说的守宫砂，是将朱砂粉点在女子的身上，就会形成一颗鲜艳的红痣。女子未婚之前，这颗红痣就留在她的身上，也不会褪色。如果女子和男人发生性关系，红痣会立刻消失。由此，远古时，守宫砂是作为检验待字闺中女子的行为的标志。

可围绕着守宫砂的这个功效，不同的人们却给出了不同的解释。心理学家说，这不过是对于少女的一种心理暗示而已。让那些女孩心存戒惧，不敢轻易越雷池半步。而更多的社会学家则提出，这不过是封建时代男权社会对于女性的压制，利用守宫砂来控制女性的节操。想想中国几千年来，男人和女人之间其实是一场长期的战争，为了争夺这个世界和对另一半的控制。当原始社会生产力极度不发达的时候，女人的作用相对大，所以就有了母系社会，男女关系是以女性为主来维系的。到了生产活动相对活跃的时候，男人的体力起到了更为重要的作用，于是女人就退到了从属地位。男人和女人的关系发生了变化。而这一变化一下子就延续了几千年，掌握了社会控制权的男人不仅要控制整个社会的秩序，而且还要把女人也牢牢地控制起来。于是就有了女人裹脚，不能出三门四户，不能入学堂读书，不能和男人同桌吃饭等规矩。于是就有了在家从父，出嫁从夫，就有了夫为妻纲。比如，那位不远万里前去漠北匈奴和亲的昭君美人就经历了这样的命运。

我去过河南巩义市的康家大院，见过一台古代大家小姐乘坐的小推车，和现代的儿童推车差不多大小。记得当时的导游介绍说，这台小推车比现代的一辆宝马车还要珍贵。这样的小推车就是为了让当年大家小姐乘坐的。因为那时候的她们小小年纪就要裹脚，本来是自然生长的花朵变成了盆栽的花，就连正常走动的能力都没有了，所以只好乘坐这样比宝马车还珍贵的小推车了。只不过坐在这样的“宝马车”里的大家小姐们一定笑不出来，倒是眼里蓄满了泪水吧。比起这些来，守宫砂实在不算是什么特别残忍的做法。然而，这也说明了连女人的贞操也成了男人的私有财产，容不得女人自己做主了。有一句话说，女人饿死事小，失节事大。守宫砂不知不觉间，竟扮演了男人对女人贞操控制的工具的角色。

如今，社会早已男女平等。过去那种对于女性的种种束缚和挤迫已经荡然无存。男人和女人的关系也发生了深刻的变化，男性的处女情结，恐怕也是市场有限。可是社会关系总是发生着矫枉过正的现象，男女平等，也有一些女性走到了传统美德的另一面。她们无视女性贞操的珍贵，若随意，表现出的就是不自重，从这个意义上看，守宫砂就不能再看作男人对女人的一种控制，而应该是女人心中应该有的那份自重。

在万山朱砂大观园，我有幸看到这样一幕：一对青年情侣相伴着挑选朱砂挂件，在听了讲解员对于守宫砂的传说后，女孩对那男孩说，我要一颗守宫砂。说得男孩和柜台里售货员都一脸茫然。而女孩却只是深情地注视着男孩，二人眼里充满着柔情蜜意。男孩似乎明白了女孩话里的意思，激动地握住了女孩的手，一旁的人都听明白了女孩的话意。原来她在借着守宫砂的传说，表达自己对男孩的忠贞。这一时刻，守宫砂扮演了爱情守护神的新角色。

走出朱砂大观园，回望那一对远去的情侣，我突然想，为什么不开发一种产品，名字就叫守宫砂呢，让千百年来充满神秘和血腥气的守宫砂变成爱情的守护神。

朱砂痣的人生寓意

记得有一出京剧叫《朱砂痣》，剧情是这样的：双州太守韩廷凤，因身边无子嗣，就新娶江氏。谁知，新娘过门，啼泣甚哀。原来江氏是有夫之妇，只因家境贫寒无法给卧床不起的丈夫治病，不得已她才卖身救夫。韩太守闻知，顿生怜悯之心，就派人把江氏送返夫家，临行前还赠送了银两。江氏夫妻又得团聚。

这一天，江氏夫妻想到韩太守求子心切，总觉得应该报答这样的好官。于是，他们买了一个孩童送给太守。不想，韩太守很是迟疑，便问起孩童的父母情况。忽然，他感到这孩童跟自己长得有些相像，还拿起镜子，让两张脸出现在一起。又问："我的亲生孩儿，左脚之上，有一朱砂红痣，你可有?"当看到这孩童左脚上有一颗朱砂痣时，太守大吃一惊。原来，这孩童竟是十三年前因金兵作乱走失的儿子韩遇运。当时，太守唱道：

"你是我亲生子名叫遇运，遇兵荒遭失散一十三春。为娇儿只盼得咽喉气哽，为娇儿昼夜里睡卧不宁。为娇儿不做官告归故井，这才是老天爷弄假成真。”

父子重逢，皆大欢喜。朱砂痣给这个孩子带来重回亲人身边的幸运。

痣是先天形成的。有红痣和黑痣之分。红痣，因形似朱砂古人称朱砂痣。红痣是人体气血的聚精，故多视为吉利。

还有一个真实的故事。上世纪二三十年代，广东有个南天王叫陈济棠，他治理广东八年，有不少可圈可点的业绩。他曾提出“治粤三部曲”，一是人人“有得食”，二是人人“食得饱”，三是人人“食得好”。但这个人是虔诚的宿命论者，受其擅长星相之术大哥陈维周的影响，相信命理和迷信邪说。他的婚姻及婚姻状况居然与朱砂痣有缘。

1918年，陈济棠在部队的驻防地结识了莫秀英。因丈夫暴力沦为妓女的莫秀英，见陈济棠生得虎背熊腰，又是广东护国军第二军第二混成旅的一个连长，断定他将来一定会发达。那年她十八岁，比陈济棠小十岁。最主要的是，莫秀英肚脐左边有一颗拇指大小的朱砂痣，而陈济棠的手又是一副朱砂掌。有江湖术士说，他两人天生一对：朱砂掌是“大贵之相”，美人痣是“相夫旺子”之因。结果两人欢天喜地成亲了。

说来也奇，陈济棠从此常打胜仗，官运亨通，青云直上：由连长而营长、团长，乃至军长，后来竟然当上了集团军总司令，成为陆军一级上将。而莫秀英给他生育了七个男孩和四个女孩。真是一帆风顺，其乐也融融。陈济棠对莫秀英感激不尽，一高兴，竟将海防要塞建造起以“秀英”命名的炮台，为了纪念他们的婚姻，也是为了打仗会继续带来好运。莫秀英自然也是沾沾自喜的，还常常在人面前挽袖子掀衣服，炫耀她那颗朱砂痣。

1930年5月中原大战爆发，陈济棠集广东党、政、军大权于一身，成为粤系军阀代表。

两人的婚姻不总是一团和气的，陈济棠曾三次休弃莫秀英。比如其中一次是，他做团长时，莫秀英曾到澳门行赌数日，输掉了所有积蓄。陈济棠闻知大怒，顺手就把她休了。但事情就是寸，每一次都让陈济棠吃了苦头，不是打败仗，就是被降职。这不能不使他相信莫秀英有相夫神助的作用，每每爱念复炽，赔礼迎回。以后，陈济棠对莫秀英百般呵护，连她皱眉都让他紧张，怕有什么闪失。在莫秀英生病时，他左右服侍，端汤喂药、嘘寒问暖。

莫秀英死后，陈济棠万分悲痛，写诗道：“灵前家庙炷心香，夜夜经声达上苍；丧我贤良伤肺腑，每逢虞祭泪成行。”“今生最惨丧贤良，夜半孤灯写悼亡；半世救人难自救，可怜儿女梦哭娘。”最后，为她选择了一块风水好的墓地，并发誓将来与她同穴。

这里也有必要备注被历史学家提及的关于陈济棠的三个史实：

其一，红军长征之初，粤北是必经之路。1934年10月，陈济棠与红军达成“就地停战，取消敌对局面，互通情报，解

仙雾

除封锁”等为内容的“五项协议”，为身处国民党军层层封锁中的红军秘密“让道”。

其二，1936年6月，陈济棠联络李宗仁、白崇禧，在广州宣布独立，发动了表面“抗日反蒋”，实则暗中“联日反蒋”的“两广事变”。该政治事件几乎触发了一场内战。

其三，二十世纪三十年代，陈济棠对广东经济发展有很大贡献。实施了一批有影响的修桥、铺路、盖楼工程。吸引大量外资，把有实力的工厂企业集中创立了省营西村工业区，创建西南航空公司，等等。1980年10月，邓小平接见陈济棠儿子陈树柏时说：令尊治粤八年，确有建树。

陈济棠的人生堪称跌宕不凡。朱砂痣，也给他带来一桩有意味的婚姻。

将军的朱砂掌

朱砂，因其红色，人们根据这个特点，用来说明或形容某些事物。比如，有一种鱼叫朱砂剑尾鱼。据说，它是红剑尾鱼与白剑尾鱼杂交培育的品种。这种鱼通体艳红，无一丝杂色，连眼睛都是红色的，有很高的观赏价值。它们在水里自由自在的优雅样子，像一面舒展的小红旗在移动，其生存适应能力很强，对水温、水质的环境要求不是很高。

在民间的相书上，把手掌心上散布许多颜色鲜润红点的手，叫朱砂掌手相。有人说，这样手掌的人在健康上是有问题的。也有人说，有朱砂手相的人，富贵自天降，最适合从商做买卖赚取财富，即使身无分文，他们也可以白手起家。女人找夫家，这就是一个标准，起码在生活上吃穿是不愁的。

以上难免有唯心的色彩，实际上，最著名的要数中国功夫中的朱砂掌了。它是用内气贯达双掌，一旦出手，造成人体内伤，数日后呈现朱砂色手印，以致毙命。据说，朱砂掌是少林寺七十二绝技之一，是一门阴柔的掌法，与刚性的铁砂掌相对应。

在解放军高级将领中，有两位在少林寺练过功夫，一位是上将许世友，在少林寺八年，一位是中将钱钧，在少林寺五年。两人是同乡，又都在南京军区共事。

钱钧将军少年时，家境贫寒，吃不饱穿不暖，还常常遭人欺负。为此，他外逃求生，独闯天下。起初，到嵩山少林寺，他并非学武，而是忙前忙后，打杂听吆喝。他常见和尚用手劈柴，那碗粗的木棍，手到之处则呈四分五裂状。这让他十分羡慕。

“学习少林武术，一要勤，二要苦，你能坚持下来吗？”师父问央求学武的钱钧。“能！怕苦就不来少林寺了！”钱钧一点没犹豫，非常坚决。由于他好学又勤快，为人机灵，私下里师父就将朱砂掌的武功绝技秘密传给了他。为了练就朱砂掌，他常常在夜深人静之时起身苦练，反复琢磨，一招一式力求到位。在练习朱砂掌中，他明显察觉到自己身心的变化。

钱钧将军是我国抗日战争时期的有名将领，他一生战功无数，有朱砂掌的真功夫，是少林寺朱砂掌的真正传人。据说，他曾用朱砂掌打日本人，一掌击倒十多个。

毛主席曾戏说钱钧，“不当和尚当将军”。

1982年的一天，国防部长张爱萍将军来南京检查工作，见到老战友钱钧就问：“老伙计，最近还打不打石头了？”钱钧回答说：“打啊！怎能不打呢？”张将军劝道：“算啦！这么大年纪了，都七十七岁了！悠着点啊！”

钱钧将军为人低调。尤其中华人民共和国成立以后，担任了高级将领，共显露过三次朱砂掌的绝技。

吴东峰撰写的《他们是这样一群人：开国战将经典史记》曾经讲到钱钧将军，里面有两则故事，第一则就是那三次中的一次。因为文字记述有特色，这里就原文引录：

一则是1965年夏，钱钧将军至江苏海安民兵团视察。某日，众民兵请将军表演朱砂掌。将军慨然应允。一民兵捡一石，请将军用之，将军曰："太小。"又捡一石，稍大。将军仍曰："太小。"一民兵急回家，搬出一压腌咸菜用之大卵石，排球大小，略扁。将军曰："此石正好。"言罢，微微一笑，绕石走三圈，随即站定，抬臂悬腕，突举右臂，猛喝一声。只见大卵石砰然断裂数瓣，碎渣四溅，众民兵皆瞠目结舌，许久，掌声骤起。

二则是"文革"中某日，钱钧将军乘车途经南京中山门，被一群造反派所阻。造反派手持铁长矛，欲检查军车。将军下车，与之论理。一造反派挥舞长矛，直逼将军胸前。将军微微一笑，轻出左手擒之。造反派急回收，则纹丝难动。将军又出右手握矛首端。以两手一折，矛弯如钩，又一拽，矛直如故，造反派大惊，遂放行。

此以上两则载于《将军五试朱砂掌》一文。

现在，朱砂掌是一种锻炼筋骨的体育运动，讲究道法自然，调和气血、平衡阴阳，合乎人体自然规律。之前，市面上出现了一本叫《朱砂掌健身养生功》的书。作者杨永就是朱砂掌的传人。老先生言传身教，有图有文地讲述了朱砂掌功法对健身养生的作用和练习方法。

朱砂掌功有虎部、龙部、龙虎三部，内含十五式。在采气、练气的运作中注入儒、道、释的精神。如所谓虎掌踏地、前推、托天、分壁、摸苍穹五式。动作上有松、慢、匀的要求。在意念上，遵循佛语“虚观法界情，一切唯心造”，充分发挥想象力，唯心生万法。龙部也是五个基本动作。如所谓青龙舒肢、望海、寻珠、探爪、腾云潜海，其讲究的是身、腰、臂、手的方位变化及旋转缠绕动作。而步型又有弓步、仆步、骑龙步三种。再有就是龙虎部。如所谓降龙伏虎、坎离相对、太极运转、乾坤交泰、阴平阳秘。

杨老先生也曾做一首《朱砂掌功歌》，那歌一直被同道传诵。我想，做到按歌习练，不是金刚之体，也是罗汉之身啦！

另一种伴生

在北京中国地质博物馆展台上，有贵州辰砂的标本，它是作为中国特色矿物标准推送出来的。我发现其中有一个明显的特点，就是辰砂的伴生性，如辰砂与水晶共生、辰砂与白云石共生、辰砂与方解石和水晶共生。这些标本在灯光的照射下，晶莹剔透、五彩缤纷，具有独特的精美形态。大自然何等神奇，使天然的珍贵矿物和宝石拥抱在一起，一方面要它们争奇斗艳，不可方物，却又引发说三道四、伯仲难分，这也许就是令参观者流连忘返的真正魅力吧。

这里，我仍然想到了另一种伴生性。就是地质学所带来的人们思想上的变化。中国传统思想中有所谓“道之大原出于天，天不变，道亦不变”的观念，多少年来成为统治者维护自身利益的亘古不变的理由。但是，天地是有变化的，社会是要发展的。人们从地质学、地理学、海洋学等学科中探索自然界发展的规律，从而萌生各种内涵丰富又相悖于旧思想、旧观念的关于地质学的概念，受其启发，人们有了矢志变革的意愿。

谈到中国近代地质的话题，有两部书是不能不提到的，一部是《地学浅释》，一部是《金石识别》。它们是我国最早从外国翻译过来的地质科学书。这里提供的地质学相关知识和原理，让中国人开阔了视野，改变了思维方式，尤其是书中所反映的现实主义进化论思想，自觉耳目一新，内心大受震动，成为晚清变法革新的精神力量和思想武器。

康有为创办万木草堂，向学生讲授地球及其远古动植物的演化，指出自然界的变化和人类社会的发展有一定的规律。他将《地学浅释》推荐为青年必读书。在一系列的上皇帝书中，康有为也多次引用地质学知识，以论证变法维新的合理性和必要性。梁启超在《变法通议》中说："法何以必变？凡在天地之间者，莫不变。""藉曰不变，则天地人类并时而息矣。"

鲁迅在南京矿路学堂求学时，以《地学浅释》为课本，还把全书抄了一遍，连很难画的七十一幅地质构造插图也描绘了下来，装订成厚厚的本子，以便随时翻阅。1906年，鲁迅与他人合作编纂了《中国矿产志》。

以后，《地学浅释》被列入《富强丛书》，湖广总督张之洞在序言中说，这些具有科学内容的新书传入，对于知识分子有"增长见识，诱启智慧之功效，而以地质学的作用最为明显"。由此可见，中国早期科学家及其成就，推动了近代中国社会的改革和进步。

如果说地质学中蕴含的科学精神，给近代中国思想界带来新声，那么中华人民共和国建立以后，大规模的经济建设所急需的地质矿产也应走在前列。

1949年，我国探明储量的矿产只有两种，矿山三百座，矿产品极度匮乏，产量更是少得可怜。1950年，毛泽东在中国驻苏联大使馆接见留学生代表时，为留学生题写了“开发矿业”四个字。这个笔迹至今还保留在中国地质博物馆，一张不大的笔记本纸。

这在当时影响是很大的，分明给有志于新中国建设的年轻人指出了一个应该努力的方向。我的一个朋友的父亲就是那个时候决定搞地质工作的。听他说，那个时候最热门的专业就是地质，最流行的口号是“以献身地质事业为荣，以艰苦奋斗为荣，以找矿立功为荣”。很多人都奔着搞地质去了。

1952年，中央人民政府地质部成立，刚回国不久的李四光担任部长。1956年，毛泽东主席指示：“地质部是地下情况侦察部。地质工作搞不好，一马挡路，万马不能前行。”

百业待兴，地质先行。从列出的年代中，当时国家就非常重视地质工作，经济建设离不开资源，离不开资源管理。由此，我就想，那时铜仁万山的朱砂开采是处于怎样的一个历史地位？世界上产朱砂石的主要国家是美国、西班牙、墨西哥、俄罗斯、南斯拉夫等国，而当时万山的汞矿质量排全世界第一。当苏联向中国政府讨要外债的时候，点了名的，只要万山的汞矿。

当时看，汞矿是造子弹的材料之一；现在看，现代激光技术也少不了朱砂。

1956年，国家重工业部有色局建立湘黔汞矿公司，接管铜仁汞矿（万山）和湖南新晃县汞矿，下设万山等四个分矿。首先在黑洞子使用风动凿岩机，结束了手锤开采的历史，成为全国第一个机采汞矿。随后，又在汞矿推广了湿法凿岩，减少了井下粉尘，提升了采矿效率。1958年10月，湘黔汞矿公司撤销，成立贵州省汞矿，总矿设在万山。

自上世纪八十年代，中国生产的优质矿物标本在国际市场露面，而最早出现的中国矿物，就有辰砂、雄黄等。

过去万山采矿为国家经济建设作出重大贡献，也丰富了人们对地质科学的认识，特别是对我们生活的地球变化和资源使用有深刻而重要的提示。

万山朱砂采矿已经进入了中国经济发展的历史。今天的万山人也要继续作出贡献，这就是矿山转型发展经济过程中的贡献，在矿砂遗址上的转型作为也将为历史翻开新的一页。长征要一步一步地走，经验要一点一点积累，艰辛执着奋发向上的精神是支撑。

这让我想到上面说到的两本地质书的翻译人叫华蘅芳，他是中国近代思想解放的先驱。实际上，华蘅芳并不懂外文，他的翻译是与粗晓中文的西方人士玛高温合作进行的。所以，华蘅芳要付出更大精力，完成翻译工作。

在《金石识别》的序言中，华蘅芳追忆译书情景说：挟书卷，袖纸笔，徒步往来，寒暑无间，风雨不辍。汗不得解衣，咳不得涕吐，病困疲乏，隐忍而不肯休息者，为此书也。

唯是日获数篇，奉如珍宝。夕归自视，讹舛百出，涂改字句，模糊至不可辨，则一再易纸以书之，不知手腕之几脱也。每至更深烛跋，目倦神昏，掩卷就床，嗒焉若丧。而某金石之名，犹来萦绕于梦魂之中，而驱之不去。此中况味，岂他人所能喻哉！

华蘅芳的故事和精神被历史学家写入历史。在白寿彝主编的《中国通史》思想文化的变化部分有此方面记载。

朱砂工艺产业园

后记

采访朱砂古镇，印象不凡，所接触的大多数事物，对我们来说是新鲜的，引人进一步探觅。在写作过程中，涉及内容广泛，深感其内涵的博大精深。于是，我们想比较全面地书写所见所闻，以及现场的感受和翻阅史料的思悟。

朱砂古镇的一切，在心中震颤着久久不能平息的回响，在本书里我们试图从多元、人性、文学和审美的角度呈示，甚或具象到对朱砂所承载的人文更多梳理，以获习思……

本书内容可以概括为三个方面：对朱砂古镇的现场诠释，展现自然人文景观的魅力，讲述难得的体验；对朱砂文化的多面观照，探寻蕴含的特色意味，掘抵深伏的内蕴源泉；对万山采矿史实的理性回望，提示影响历史发展的事件，感悟前人思想遗训。

文中摄影作品由彭俊、徐勇提供；在写作过程中，得到贵州铜仁市万山区政府、江西吉阳集团的大力支持，以及戴建志、李英、宋志军、龙险峰、龙金永、黄方能等诸位的热情帮助，在此深表谢意。

鉴于水平有限，成书仓促，难免内容有误，特别是有些观点，仅是一己之论，不当之处，敬请方家指正。

2018年12月31日于北京

2020年10月31日再修改

图书在版编目（CIP）数据

千秋凝结就 / 陈亚军，洛城著 . -- 北京：作家出版社，2025. 6. -- ISBN 978-7-5212-3441-1

Ⅰ. I25

中国国家版本馆CIP数据核字第2025Z1T093号

千秋凝结就

作　　者：陈亚军　洛　城
责任编辑：朱莲莲　丁文梅
封面设计：李　超
出版发行：作家出版社有限公司
社　　址：北京农展馆南里10号　　**邮　　编**：100125
电话传真：86-10-65067186（发行中心）
86-10-65004079（总编室）
E-mail:zuojia@zuojia.net.cn
http://www.zuojiachubanshe.com
印　　刷：河北星强印刷有限公司
成品尺寸：155×220
字　　数：174千
印　　张：17.5
版　　次：2025年6月第1版
印　　次：2025年6月第1次印刷
ISBN　978-7-5212-3441-1
定　　价：79. 80元